目次

うちのカレー

食堂のおばちゃん7

第一話

うちのカレー

夏真っ盛りのはじめ食堂は、ランチタイムの喧噪《けんそう》とカレーの香りに満ちていた。スパイスの強烈な香りは、出汁《だし》の匂《にお》いや醬油《しょうゆ》の匂い、揚げ油の匂いを圧倒して鼻腔《びこう》に届くのだ。

ご常連のワカイのＯＬ四人組は、店に入るなり鼻をひくつかせ、黒板のメニューに目を走らせてから二三《ふみ》の顔を振り向いた。

「おばちゃん、今日のカレーってスープカレー？」

「はい、新作〝夏野菜のスープカレー〟です！」

「じゃ、私、それ！」

「私も！」

注文は全員日替わり定食のスープカレーに決まった。

二三はカウンターを振り向き、万里《ばんり》に「やったね！」と目顔でエールを送った。

五月の十連休にモルディブへ旅行した万里は、現地でカレーを堪能《たんのう》し、すっかり魅了されたらしい。はじめ食堂でもたまにはカレーを出したいと希望して、それから月に一回ほどランチで出してみた。これがかなり好評で、すっかり気を良くした万里は「週に一度はカレーの日を作ろう」と提言した。

「冒険すべし、ダメなら改めるべし」が信条（？）のはじめ食堂では、新しいアイデアはほとんど採用される。

「じゃあ、万里君、毎週カレーの第一回は何カレーにする？」

一子《いちこ》の問いに、万里は待ってましたとばかりに答えた。

「スープカレー！　夏だからさ、さっぱりスープが絶対良いよ」

正直、二三も一子もスープカレーとカレースープの違いが分からなかったが、万里の自信たっぷりな態度から、充分研究した上での意見に違いないと思い、賛成した。

万里のレシピは至ってシンプルで、鶏《とり》モモ肉《にく》（食べやすいように敢《あ》えて骨付きは使わない）を軟らかくなるまで茹《ゆ》でて、塩胡椒《しおこしょう》とコンソメスープの素で味を付けたスープに、生姜《しょうが》とニンニクのすり下ろし、カレースパイスを加えるだけ。それだけではちょっぴり味の濃いカレースープだが、そこから食堂の利点を活《い》かし、素揚げした夏野菜（カボチャ、ナス、パプリカ、ズッキーニ）とゆで卵をトッピングする。

「これぞ〝夏野菜のスープカレー〟はじめ食堂風！　家庭じゃ油通しとか素揚げとか、めんどいじゃん。そこを一手間で揚げ野菜を載せるだけで、グレードが上がるってわけ」

さすがは万里もプロの料理人で、説明を聞いたときより、出来上がったスープカレーはずっと美味《おい》しそうだった。「美味しそう」ではなく実際に美味しいのは、お客さんの食べっぷりが証明している。

今日のランチの日替わり定食もう一品はアジフライ、焼き魚はエボダイの干物、煮魚はカジキマグロ、他に定番のトンカツ定食と海老《えび》フライ定食がある。小鉢二品は冷や奴《やっこ》とマカロニサラダ、味噌汁《みそしる》は冬瓜《とうがん》と茗荷《みょうが》、漬物はナスとキュウリの浅漬け。これに野菜サラダがついて、ご飯と味噌汁はお代わり自由で七百円也《なり》。安くはないが高いと言われないよう、日々努力と工夫を重ねている。

そして本日のワンコインは牛丼《ぎゅうどん》。灯台もと暗しで、これほど手間の掛からない丼《どんぶり》はない。牛肉と玉ネギの煮物を作っておけば、丼飯に掛けるだけでＯＫなのだ。更に二百円プラスすれば定食セットが付く。「牛丼、定食で！」と注文するお客さんも少なくなかった。

牛丼のチェーン店が林立する中で、敢えてはじめ食堂で牛丼を選ぶお客さんが何人もいたことは、二三たちには喜ばしく、自信にも繋《つな》がった。

どんな料理を作っても、そこに作り手のひと工夫が加われば、〝はじめ食堂風〟オリジナル料理になる……。

「ねえ、おばちゃん、今度カツカレーやってよ」

帰り際、そうリクエストするお客さんが何人もいた。主に男性のお客さんだ。

「そうですねえ。もうちょっと涼しくなったらやってみます」

「涼しくなんかなんないって。地球温暖化なんだから」

「そりゃそうだ」

軽口を叩《たた》きながらも、二三は世の男性がカツカレーを大好きなことに気付かされ、これは来週か再来週やってみようと考えていた。

一時を過ぎてランチタイムのお客さんが一斉に引き上げた頃《ころ》、野田梓《のだあずさ》と三原茂之《みはらしげゆき》がやってきた。

「スープカレーですか。食べてみたいんだけど……」

「困ったなあ。あたし、久しぶりにアジフライ食べたいのよねえ」

「いや、実は僕も」

はじめ食堂のアジフライは冷凍食品ではない。魚政《うおまさ》の山手政夫《やまてまさお》の息子がその日の朝、豊洲《とよす》市場で仕入れてきた生の鯵《あじ》を三十尾買い入れ、さばいて衣を付け、揚げたてを提供する。それを知っているだけに、二人とも黒板のメニューを見比べ、思案顔になった。

「ご心配なく。スープカレーはちょっぴり味見でお出ししますから、アジフライ、召し上がって下さい」

一子が笑顔で申し出た。梓も三原も長年に亘《わた》るランチのご常連で、しかも今の時間、他にお客さんはいない。このくらいのサービスはははじめ食堂では当たり前だ。

「いや、いつもありがとうございます」

「万里君、モルディブから帰ってますますレパートリー広げたわね」

「ありあとっす。転んでもただでは起きない……いや、潜ってもただでは上がらない、かな」

万里はちょっぴり胸を張った。今日は何度もお客さんに褒められて、気分は上昇気流に乗っている。

「『上海《シャンハイ》帰りのリル』ならぬ、〝モルディブ帰りの万里〟ね」

『上海帰りのリル』が何かは知らないが、一子が褒めてくれたのは分る。

「おばちゃん、サンクス」

実際、カレーの復活は万里無くしてあり得なかった。はじめ食堂では昔カレーを出していたが、玉ネギを飴《あめ》色になるまで炒《いた》めたりルーを一日煮込んだりと、手間が掛かりすぎるので止《や》めてしまった。

ところがモルディブから帰った万里は言った。

「それは北インド風のカレーだよ。南インド風はもっと手軽で、時間も掛かんないから、大丈夫」

インドは広い。北と南ではカレーに使う食材からスパイスまで違う。簡単に言うと北は牛乳やバターを使う濃厚なこってり系、南はココナッツミルクやタマリンド果汁を使った酸味の利いたあっさり系だという。そして北は羊や鶏など動物性の食材、南は魚介・豆類・野菜類などを多く使う。調理時間も南は北に比べてずっと短い。だから南インド風のカレーはご飯に合うってわけ」

「そんで北は小麦食、南は米食なんだって。だから南インド風のカレーはご飯に合うってる」

　万里の話を聞いて、二三は自分に刷り込まれた「インド人はカレーライスを手で食べる」というイメージの由来を考えた。きっとそれは、南インドカレーを食する光景から来ていたのだろう。

「ついでに驚いて。ナンはインドじゃマイナーだってさ。小麦を食べる北の地方でも、タンドールって窯がないと焼けないし、小麦粉も高価だから、一般家庭じゃ食べてないんだって」

「あらあ、そうなの?」

「だからスーパーでもナン売ってる日本って『インド人もビックリ』らしい」

「そうなんだ!」

　そんな経緯があって、はじめ食堂では六月から再びカレーが登場したのである。

　三原と梓の前に、定食の盆とスープカレーを入れた小鉢が運ばれた。二人はまず、カレーの香りを吸い込んだ。

「……良い香りだ。食欲が刺激される」

「カレーって、夏でも冬でも合うわよね。そこが豚汁《とんじる》やシチューと違うところかな」

梓の言葉に、二三も頷《うなず》いた。

「考えてみればインドって広いから、暑い地方も寒い地方もあるのよね。でも、みんなカレー食べてるわけだし」

そして、ふと思い出して口にした。

「ねえ、今度、カツカレーやろうか？」

「うん、いいかも」

すると三原の目がキラリと光った。

「カツカレー、是非やって下さい。嫌いな人はいないと思いますよ」

「三原さんもお好きですか？」

「大好物です。学生の頃、バイト代が入ると真っ先に食べたもんです。カツとカレーが同時に食べられるなんて、最初に考えた人はノーベル賞ものだと思いましたよ」

アジフライにほんの少し醤油を掛けた梓が眉《まゆ》を上げた。

「でもふみちゃん、トンカツ定食七百円でしょ。カレー付けたら、経費オーバーじゃないの？」

「そこは大丈夫。カツは少し薄めにするし、カレーの具材も玉ネギだけでOKだから」

ルウも市販のカレールウを使おうと思う。手を掛けるところと抜くところ、そのメリハリを付けないと、安くて美味しい料理を長く提供することは難しい。

「そう言えば、今は揚げ物は何でもカレーのトッピングにするみたいよ。コロッケとかメンチとか。お宅なら目玉は海老フライカレーかしら？」

「海老フライ……二本付けなら出来るかなあ？」

二三は頭の中で原価を計算した。

と、一子が思い出したように言った。

「でも、さすがにスープカレーのお客さんは、味噌汁をパスする人が多かったわね。キーマカレーの時は、皆さん味噌汁も頼んだけど」

ちなみにキーマカレーも北インド料理で、南インドでは食べられていない。

梓と三原が食事を終えて帰って行くと、入れ替わりのように現れたのがメイ・モニカ・ジョリーンのニューハーフ三人組だった。今ではすっかり月曜日のランチの常連である。

「スープカレーって、初メニューよね。楽しみにしてたんだ」

「あたしも！」

三人はいそいそと配膳を手伝い始めた。時間も二時に近いので、賄《まかな》いと合体してテーブルはバイキング状態になる。

揚げたてのアジフライに齧《かじ》り付いたモニカが目を見張った。

「美味しい！　何、この鯵！」

「当然。ウチのアジフライは冷凍もんじゃないし」

万里が大袈裟《おおげさ》に胸を反らせた。

「あたし、冷凍でないアジフライ食べたの、人生初かも知れない」

「あたしも、多分二回目か三回目よ」

ジョリーンも溜息《ためいき》と共に感想を漏らした。

二三は嬉《うれ》しくなって、つい口走った。

「皆さん、ありがとう。今日はお土産《みやげ》のおにぎり、無料サービスしちゃうわ」

三人は持ち帰り用のおにぎりや海苔《のり》巻《ま》きなどが残っていると、軽食用にと全部買ってくれた。ショーパブの仲間たちにも転売するので損はしていないという。

「おばちゃん、ダメよ。一度出血大サービスすると、次からは当たり前になっちゃうのよ」

すかさずメイが「めっ」という顔でたしなめた。

「そうよ、おばちゃん。あたしたちだってお金取ってるんだから、お宅もちゃんと取らなきゃ」

「ここのおにぎり、大人気よ。なんせ手作りだもん」

モニカとジョリーンも口を揃《そろ》えた。

「まあまあ、皆さん、本当にしっかりしてらっしゃる。ふみちゃんは嬉しいとすぐ気が大きくなっちゃうから」

一子がクスリと微笑《ほほえ》んだ。

「ホント、その通りだわ。お姑《かあ》さんが時々手綱を引き締めてくれないと、ウチはたちまち赤字経営ね」

そうは言ったが、二三は内心これで良いと思っていた。これまでも基本精神は「食べていければ充分」で、儲《もう》けようと思って店を続けてきたわけではない。だから常連のお客さんが付いてくれたのだろう。一子もメイたちを立てただけで、二三と同じ気持ちに違いない。それは一子の笑顔を見れば良く分る。

「ねえ、万里君、はなちゃんはどうしてる?」

「たまに夜来るけど、金曜が多いかな。翌日休みだから」

「元気にしてる?」

「張り切ってる。プライベート・ブランド立ち上げるんだって」

メイはスープカレーにご飯を浸し、目を宙に彷徨《さまよ》わせた。

「……そっか。私も頑張らないとな」

メイには味噌汁を売りにした店を開きたいという夢がある。人気のショーパブで一番の売れっ子だから、もう開店資金の目処《めど》はついているのかも知れない。それなら夢ではなく目標になる。

「青木《あおき》、俺《おれ》は金も力もないけど、料理のことなら何でも相談に乗るから」

「ありがとう、色男」

メイは華やかな笑顔を見せた。

「冬瓜と長芋のすり流し梅肉風味？　どんな料理だ？」

黒板に書かれた本日のお勧めメニューに目を凝らし、辰浪康平《たつなみこうへい》が尋ねた。一杯目は生ビール。お通しにはトウモロコシのすり流しがガラスのカップで出されている。和風出汁の冷たいスープで、これを飲むと食欲が湧《わ》いてくる。ノンアルコールの食前酒といったところだ。

「早い話が冷やしたとろろに冬瓜の煮物が入ってるんだけど、食べると京料理の神髄が味わえるって優れモン」

「ふうん。まあ、それくれ。なにしろクソ暑いからな」

康平は他に焼きナスと谷中《やなか》生姜、アジフライを注文した。

「ええっと、酒はまず〆張鶴《しめはりつる》、一合で」

康平はトウモロコシのすり流しを一息に飲むと「美味《うま》い！」と万里に向って親指を立てた。

「はい、谷中生姜です」

はじめ食堂では谷中生姜は生のまま出す。新鮮な生姜は根本が乳白色、茎との境が鮮やかなピンク色、そして葉は深い緑色をしている。ただ味噌を付けて齧るだけのシンプルな食べ方だが「これが一番」というのが一子の意見だ。

二三がナスを焼いている間に、万里は冬瓜と長芋のすり流しを盛り付けた。冬瓜は薄味の出汁で煮て冷やす。擂《す》り下ろした長芋に冬瓜の煮汁で味を付け、容器に注《つ》いで冬瓜を浮かべ、細かく刻んだカリカリ梅と大葉の千切りを散らす。和風ヴィシソワーズといった趣で、冷たく喉《のど》ごしが良いので暑い夏でも喉を通りやすい。しかも長芋はスタミナもつく。まさに優れものだ。

「ああ、ここで美味いもん喰《く》うと暑い夏も悪くないって思うよ」

康平は〆張鶴のグラスを傾けながら、しみじみと言った。この日も夜営業の口開けの客となり、日本酒と料理のマッチングに余念がない。「アジフライには石鎚《いしづち》」と前もって注文を出した。

「ああ、暑いなあ」

次に現れたのは山手政夫だった。日《ひ》の出湯《でゆ》で一風呂《ひとふろ》浴びてきたらしいが、額にはすでに汗が浮いていた。

「いらっしゃい」

二三はすぐに冷たいおしぼりを出した。

「おじさん、冷たい料理があるから、それで身体《からだ》冷やしてよ」

万里がカウンターから声をかけると、山手はおしぼりで顔を拭《ふ》きながら「取り敢えず生」と呻《うな》った。

「おじさん、今日は後藤《ごとう》さんは？」

「さあな。風呂にも来なかったし」

リタイアした警察官の後藤輝明《てるあき》は幼馴染《おさななじ》みで、いつの間にやら一緒にはじめ食堂に来るようになった。出不精で人付き合いもあまりなかったのが、山手の勧めで社交ダンスのレッスンに通うようになり、文字通りいくらか社交的になった。

生ビールをあおり、お通しのすり流しを流し込むと、山手は「ああ、やっと人心地がついた」と漏らした。

「政さん、今日お宅から仕入れたアジフライがあるけど、如何《いかが》？」

一子が尋ねると、山手は「当然」とばかりに大きく頷いた。

「いっちゃん、俺にそれを訊《き》く？　喰わいでかって。それと万里、今日の卵は何だ？」

「トマトと炒めたのはどう？　フランス風にバターたっぷりのオムレツか、ゴマ油とオイスターソースで中華風にするか」

「そうだなあ……今日の気分はチャイニーズだな」

「毎度！」

〆張鶴を飲み干した康平が、山手を振り向いた。

「おじさん、中華風なら南部美人《なんぶびじん》が合うよ。俺、アジフライには石鎚にした」

「ふみちゃん、酒は康平の言う通りで」

「はい、ありがとうございます」

一子が康平のアジフライを揚げ始めた。店の中に油の香ばしい香りが漂ってきた。

「こんばんは」

入り口の戸が開いて、後藤が顔を覗《のぞ》かせた。

「あら、いらっしゃいませ」

「噂《うわさ》をすれば影だな」

後藤が背後を振り向いた。連れがいるようだ。

「中条《なかじょう》先生！」

後藤に続いて入ってきた男性を見て、一同は思わず声を上げた。

山手も通う社交ダンス教室を経営している中条恒巳《つねみ》だった。そして、メイの母方の祖父でもある。

「皆さん、お久しぶりです。去年のダンスパーティー以来でしょうか」

中条は礼儀正しく頭を下げた。

「何だ、後藤。先生を誘うなら俺にも言えば良いのに」

「いや、午後になって急に思い立ったんだよ」

「テーブル席も空いてますから、よろしかったら山手さんと三人でお使いください」

二三はそう勧めたが、中条は「いえ、こちらで」とカウンターを選んだ。

おしぼりとお通しを出し、注文の生ビールを運んでお勧め料理の解説を終えると、中条が遠慮がちに尋ねた。

「あの、奥さん、孫は時々こちらに顔を出しますか?」

「はい。ご贔屓《ひいき》にしていただいてます。今日もお友達とランチに来て下さったんですよ」

二三は努めて明るい口調で答えた。

「……そうですか。元気なんですね」

溜息混じりの声には、安堵《あんど》と苦悩が入り混じっているように感じられた。

メイは男性として生を受けたが、性同一性障害に悩み、内定をもらった一流企業を蹴《け》って性転換し、ショーパブのダンサーに転向した。一人娘の遺児である孫を引き取って育ててきた中条には、それは理解しがたい事件だった。一流大学から一流企業に進む予定だった自慢の孫が「人の道」を外れてしまった。きっと自分の育て方が悪かったのだ、あの世の娘夫婦と妻に合せる顔がない……そう思い悩んでいた。

「万里、これ、美味いな。いくらでも入りそう」

冬瓜と長芋のすり流しを啜《すす》った康平が、脳天気な声を出した。

「梅も良いけど、ワサビも合うんじゃないの?」

「うん。長芋だからね。チューブで良ければワサビあるよ」

「じゃ、ちょっとくれ」

二人の遣《や》り取《と》りを見ていた後藤が中条に笑顔を向けた。

「先生、今日も色々美味しいものがありそうですね」

「そうですね。楽しみだ」

中条も気を取り直したように、明るい顔になった。

「一番のお楽しみは、山手さんの買い付けた鯵のフライかな」

「先生、自慢じゃありませんが、ここのアジフライは冷凍物とはわけが違いますから……」

山手もすかさず応じて、カウンターには談笑の輪が広がった。

「康ちゃん、シメはどうする？　今日はスープカレーがあるけど、さっぱりが良ければ素《そう》麺《めん》でも茹でようか？」

一子の言葉に、康平は胃に手を当てて考えた。

「……そうだなあ。折角の万里の作品だし、やっぱ、カレーもらうよ。半ライスで」

「はい、毎度ありがとう」

二三はチューブのワサビを小皿に絞り、後藤と中条の前のカウンターに置いた。

「お二人もよろしかったら、すり流しをお試し下さい」

「あ、これはどうも」

二人はすり流しを啜り、ほぼ同時に感嘆の表情を浮かべた。

「いやあ、良いですねえ」

「夏にピッタリの味だ」

中条はカウンターの万里を見上げ、感に堪えたようにゆっくりと首を振った。

「万里君は若いのに立派だね。こんな見事な料理を作れるんだから」

「ありがとうございます」

万里は珍しくキチンと礼を言って、中条を正面から見つめた。

「でも先生、俺は青木も立派だと思います。味噌汁の店開くために、一生懸命働いてます。それも人に嫌がられる仕事じゃなくて、人を楽しませる仕事で活躍してるんです」

中条は苦しげに目を伏せた。孫を愛する気持ちと、孫の生き方を認められない倫理観が、胸の中でせめぎ合っているかのように。

「あのう、先生、私は先日、ある雑誌で読んだのですが……」

ためらいながらも口を開いたのは後藤だった。

「お孫さんのような……性的少数者と呼ばれる人たちは、ある一定の割合で生まれるようになっているそうです。自然の仕組がそうなっていると。……それなら血液型とか、左利きと同じことです。意思や倫理の問題じゃありません。まして罪悪じゃありません。少なくとも、そう思うべきじゃないでしょうか」

日頃口下手な後藤の言葉だけに、二三も一子も万里たち男性陣も、心を動かされた。おそらく、中条の心にも響いただろう。

ちなみに性的少数者とはL（レズビアン）G（ゲイ）B（バイセクシャル）T（トランスジェンダー）などを総称して言う。日本のLGBT層の割合は八パーセントと言われていて、これは左利きやAB型血液の割合に相当する。

「皆さん、ありがとうございます」

中条の声は震えを帯びていた。

「情けないことに、私はまだ、気持ちが追いついていけません。でも孫は、皆さんのような方たちに理解され、気遣っていただけている……そのことだけでも、救われる思いがします」

中条は椅子《いす》から降りると一歩下がって腰を折り、深々と頭を下げた。

「どうか、これからも孫を見守ってやって下さい。よろしくお願い致します」


土曜日、はじめ食堂は夜だけの営業になる。

昼少し前、二三はスーパーに買物に出掛けた。はじめ食堂に戻る途中、路地に寝そべっている猫がいた。全身真っ黒いカラス猫で、鈴のついた赤い首輪をしている。近所の家の飼い猫で、名前は知らないが〝顔見知り〟だった。二三は勝手に「クロ」と呼んでいた。

「クロ、暑いねえ」

二三は猫に近寄った。猫は居心地の良い場所を見つけるのが上手《うま》いから、クロの寝そべっている場所もちょうど日陰になっていて、いくらか涼しい。

「あんたは気楽で良いねえ」

喉をなでてやると、気持ちよさそうに目を細め、首を伸ばした。そのまま額や首筋をなでてやると、猫はその度に寝返りを打ち、いかにも「もっとなでて」という風に催促した。と、どういう拍子でか、クロの爪《つめ》が二三の右掌《てのひら》を引っかいた。意外なほど深く入ったらしく、親指の付け根から鮮血が溢《あふ》れた。

「クロ、ダメだよ！」

二三は思わず叱《しか》ったが、クロは決して暴力を振るうつもりではなかったろう。気持ち良く寝返りを打つうちに、力が余って手が滑ったに違いない。それが分っているので、二三は「またね」と言って立ち去った。

「手、どうしたの？」

二階に上がってアルコールで手を消毒していると、異変に気付いた一子が尋ねた。

「ちょっと、猫に引っかかれちゃって」

「あら、大丈夫？　お医者に行った方が良くない？」

「平気よ。飼い猫だし、変な病気はないと思う」

傷は横一センチ縦五ミリの鉤《かぎ》型で、大きくはないし、痛みもない。最新式の傷絆創膏《ばんそうこう》を貼《は》っておけばすぐに治るはずだ。

午後四時五分前に、万里がやってきた。

「おはよっす」

飲食業の慣例に従って、ここはじめ食堂でも挨拶《あいさつ》は夜でも「おはよう」になる。

「初っぱなから、干物焼きま～す！」

「今日は久しぶりの冷や汁だから、康ちゃん、喜ぶだろうね」

「菊川《きくかわ》先生も来ると良いね。絶対素麺頼むと思う」

いつものように気楽なおしゃべりの続く中、三人は夜営業の準備に取りかかった……。

「こんばんは」

人気料理研究家にしてはじめ食堂の常連・菊川瑠美《るみ》が現れたのは、康平・山手・後藤がカウンターに顔を揃えた午後六時三十分だった。

「いらっしゃいませ。今、お噂してたんですよ」

「あら、何でしょう？」

瑠美はカウンターの空いている席に腰を下ろした。

「今日は冷や汁なんです。先生、お好きだったから」

「ホント！　ラッキー！　シメは冷や汁の素麵でお願いします！」

ドンピシャの予想に、二三と一子はニンマリした。

「ええと、メロンのスムージーサワーって、何？」

瑠美は怪訝《けげん》そうな顔でメニューを見直した。

「新作です。メロンをミキサーに掛けて、そのまんま冷やしてサワーに入れたらどうかなって」

「万里君、偉い！　これ、下さい」

瑠美はいつも積極的に新作を注文してくれる。

「ええと、中華風冷や奴、アシタバのお浸し、ナス・ピーマン・鶏肉の味噌炒め……今日はこれくらいにしとこうかな、冷や汁だし」

二三は瑠美の前におしぼりとお通しを出した。小ぶりのガラス鉢の中は赤と緑の浮いた白いスープだ。

「これ、新作？」

「はい。冬瓜とトマトの豆乳スープです。緑のはキュウリです」

「夏らしいわねえ。涼しげで」

瑠美は一口飲んで、満足げに頷いた。

これは文字通り冬瓜とトマトを煮たスープに豆乳を加えて冷やしたもの。基本の味付けは鶏ガラスープと塩胡椒、キュウリの賽《さい》の目《め》切りを彩りに浮かせている。暑い夏でもさらりと飲める軽い味だが、豆乳でエネルギーを補給出来る。

「二三さん、手、どうしたの？」

瑠美が二三の右掌の絆創膏に目を留めた。

「昼間、近所の猫に引っかかれちゃって。ま、向こうも悪気はないんですけどね」

だが瑠美は心配そうに眉をひそめた。

「ちゃんと病院に行った方が良いわよ。私の教室の生徒さん、猫に引っかかれて感染症を起こして、一週間入院したんだから」

「ええっ⁉」

二三だけでなく、一子も万里も驚きの声を上げた。

「おばちゃん、明日、病院へ行った方が良いよ」

「でも、日曜だし」

「救急外来ならやってるよ」

「……そうね。そうするわ」

そう答えたものの、二三の中では「それは運が悪かったからで、自分は大丈夫」という気持ちが強かった。「まさか猫に引っかかれたくらいで」と思ったのだ。

「こんばんは！」

元気の良い声が響き、ショートカットの若い女性が入ってきた。今年アパレルメーカーに就職した桃田《ももた》はなだ。

「お客さん連れてきたんだけど、テーブル、良い？」

「はい、どうぞ」

二三は奥の四人掛けの席を示した。

「こんばんは、お邪魔します」

はなに続いて入ってきたのは、四十代半ばくらいの男性だった。Tシャツ姿で大きな鞄《かばん》を提げている。色が白くて穏やかな顔立ちのせいか、どことなくアルパカを思わせた。

「お世話になってる山下智《やましたさとる》先生。一字足りなくて山P《やまピー》になれないの」

山下は苦笑しながら「どうも」と頭を下げた。

「すみませんが、ウーロン茶下さい。車なので」

「畏《かしこ》まりました。はなちゃんは何にする？」

「これこれ、メロンスムージーサワー。これ、この前、私が万里に教えたのよ」

はなは得意そうに鼻をうごめかせた。二三はつい微笑を誘われた。見れば山下も微笑んでいる。

「先生、お好きなものを注文して下さい。この店、古くてボロいけど何でも美味しいんです」

「おいおい、古くてボロいは失礼だよ」

「いいえ、本当のことですから。東京オリンピックの翌年に開いたヴィンテージものですよ」

はなの口ぶりには慣れっこになっているので「古くてボロい」が愛情表現だと分る。はなにしてみれば「何でも美味しい」を強調するための接頭語なのかも知れない。

「へえ、冷や汁なんてあるんですか。珍しい」

「シメに如何ですか？　うちではご飯の他に素麺バージョンもやってるんです」

「良いですねえ。シメは是非それで。ええと……中華風冷や奴、谷中生姜、アシタバのお浸し、ナスの挟み揚げでお願いします」

「あと、ズッキーニとトマトのサラダ風ソテーも。先生、日頃野菜が不足がちだって言ってたでしょ？」

はなはここでも主導権を握っていた。これでは万里が主導権を握られっぱなしなのも仕方ないと、二三はおかしくなった。

「ねえ、おばさん、月曜日はスープカレーやったんでしょ？」

飲み物を運んでいくとはなが言った。

「ああ、それは残念。食べたかったなあ」

「スープカレー、お好きですか？」

「ソウルフードです。北海道出身なんで」

それで色が白いのかと、二三は勝手に解釈した。

「本場の味をご存じの方にはご不満かも知れませんよ。うちは自己流ですから」

「スープカレーは味噌汁と同じですよ。各店、各家庭で味が違っていて、そこがまた良いんです」

山下の意見に、二三だけでなく一子も万里も瑠美も、思わず頷いていた。

山下は食べっぷりも良かった。はなと二人で注文した料理を次々と平らげ、ナス・ピーマン・鶏肉の味噌炒めを追加注文した。

そして、いよいよシメの冷や汁が運ばれる寸前、山下のスマホが鳴った。

「失礼します」

あわててズボンのポケットから取り出したスマホを耳に当てると、山下の表情が引き締まった。

「……それで、呼吸は落ち着いてるんですね？　……分りました。これから伺います」

通話を終えると、片手ではなを拝む真似《まね》をした。

「悪い。急患なんで、お先に」

「先生、冷や汁食べてった方が良いですよ。ほんの五分かそこらの違いじゃないですか。腹が減っては戦が出来ぬ、です」

「はなちゃん、良いこと言うね。その通りよ」

二三は素早くテーブルに冷や汁の器を置いた。

「仰《おっしゃ》るとおりです。いただきます！」

山下は冷や汁に箸《はし》を入れると、五分どころか二分足らずで豪快に完食してしまった。

「ああ、美味かった。ご馳走《ちそう》さま。お勘定お願いします」

「先生、今日は私が誘ったんだから、私の奢《おご》り」

はなが言うと、山下はきっぱりと首を振った。

「それは困るよ。患者さんの家族から供応接待を受けたと言われたら、信用問題になる」

「大袈裟だなあ」

しかし、はなもそれ以上は言わずに引き下がった。

二三と一子は店の外に出て山下を見送った。

「どうもありがとうございました」

「またお近くにおいでの際は、是非お立ち寄り下さい」

「はい。必ず寄らせてもらいますので」

山下は軽く頭を下げると、駐車場に向って走り出した。

店に戻ると、はなはテーブルに残った食器をカウンターに運んでいた。

「こっちに合流して良い？」

カウンター越しに万里に断って、山手たちの隣に席を移した。

「今の人、お医者さん？」

「うん。うちのお祖母《ばあ》ちゃんの訪問医さん」

「確か、浦安《うらやす》の順天堂《じゅんてんどう》に入院してたよね？」

「うん。退院したんだけどね。寝たきりになっちゃって」

万里も、山手たちも、一瞬言葉を失った。

「……大変だな」

「それがね、意外とそうでもないんだ」

はなはさらりと答えた。表情に屈託は感じられず、強がりを言っているようには見えなかった。

「要介護4とか5になると、使える介護サービスが格段に増えるんだよね。だから私やうちの親が世話しなくても、ヘルパーさんと看護師さんと訪問入浴さんにお任せすれば、充分生活できるくらい」

これまで介護にまつわる悲惨な話ばかり聞かされてきたので、思いがけない言葉に、みんな興味津々で身を乗り出した。

「うちは親たちは店やってるし、私は会社だし、つきっきりで面倒見るのは出来ないわけ。施設に入れるしかないのかって思ってたとき、訪問介護のことを教えてくれる人がいてね」

患者や家族の承諾を得て、医師・看護師・理学療法士など医療関係者が患者宅で行う医療行為を訪問医療と呼ぶ。患者の側《がわ》から言うと、自宅で受ける医療行為は在宅医療になる。

近年、日本では在宅医療を推進する動きがあり、ケアマネージャーや介護ヘルパーと連携しつつ、訪問医療を行う医療関係者も増えている。

「うちの場合、朝・昼・夕方の三回ヘルパーさんに来てもらって、おしめ交換とかお清拭《せいしき》、食事介助なんかお願いしてるんだ。夜は家族で見られるから。訪問看護師さんは週三回、訪問入浴さんが週一回、それとさっきの山下先生が二週間に一回」

はなは指を折りながら説明した。

「訪問入浴って、見たことあるわ。『訪問入浴』って書いたマイクロバスが駐《と》まってた。あの車の中でお風呂に入るの？」

二三が訊くと、はなは首を振った。

「私も最初はそう思ってたんだけど、実はブー。あの車の中にガスの設備があって、お湯沸かすのよ」

車にはバスタブも積んである。それを家の中に運ぶと、ホースで水道から車内に水を汲《く》み上げて沸かし、その湯を別のホースで家の中のバスタブに流し入れ、入浴させるのだという。

「三人一組でね、男女の介護士さんと、看護師さん。だから安心なんだ。最初に来てくれたとき、女性の介護士さんと看護師さんが、お祖母ちゃんの手の甲を、お湯の中でそっとこすってくれたの。そしたら、消しゴムのカスみたいな、細かい垢《あか》がお湯に浮いて……病院でも毎日お清拭はしてもらったんだけど、やっぱりゆっくりお湯につかると、垢が出てくるんだね。感動しちゃったよ」

はなはその時の光景を思い出したのか、二、三度目を瞬かせた。

「お祖母ちゃんもすごく喜んでた。毎日、お風呂の日を楽しみに待ってるんだ。ありがたいサービスがあって良かったって、うちの親たちも感謝してる」

「ぶしつけな話だけど、それ、お金掛かるんでしょ？」

一同を代表して尋ねたのは康平だ。

「施設よりは安いと思う。うちの場合は、月に三万以下だから」

「ホントに⁉」

二三はつい上ずった声を出したが、その気持ちは全員同じだった。良質な医療、良質な介護は高いお金を払わないと受けられないと、頭から思い込んでいたのだ。

「山下先生は最初に契約した訪問医療施設の担当だったの。年中無休で二十四時間対応っていう所。今年の元日、お祖母ちゃんちょっと具合が悪くなって、それで電話したらすぐ来てくれてさ。もう、現代の赤ひげだって、うちの一家はすっかり山Pのファンよ」

「それはすごいわねえ」

「先生に聞いたら、大晦日《おおみそか》と元日で、二十五軒往診したって。年末年始は、お年寄りは具合悪くなるみたい」

山下が色白なのは北海道出身だからと思い込んでいたが、もしかしてあまりの忙しさに、陽《ひ》に当たる暇がないのかも知れない……二三は考えを訂正した。

「ただ、先生は三月に前の診療所を辞めて、独立したの。独立しても二十四時間対応は続けてくれてるんだけど、前の所は常勤の医師がいなかったり、経営者が不動産業からの参入で金儲け主義だったり、無責任体質だったりで、我慢できなかったみたい」

前の診療所からは山下医師に共鳴して共に退職する看護師や事務員が何人も出たため、逆恨みをされて嫌がらせを受けているのだという。

「保健所にある事ない事告げ口されて、呼び出されたりもしたらしいよ」

「許せんな、それは」

山手が顔をしかめた。昔から曲がったことは大嫌いなのだ。

「前の診療所は患者さんが四百人もいたらしいんだけど、山Pが辞めたら、半分に減っちゃったんだって。それにケアマネさんや看護師さんが新しい患者さんを紹介してくれるんで、今は山Pの患者さんが四百人くらいになったらしい。それでやっかまれたんだね」

一子がしみじみと溜息を吐《つ》いた。

「あたしもいざとなったら山下先生みたいな方にお世話になりたいけど、佃《つくだ》までは来て下さらないだろうね」

「俺も同感だなあ」

後藤が呟《つぶや》くと、山手も頷いた。

「死ぬときは施設か病院かと諦《あきら》めてたんだが、ああいう先生がいれば、自分の家で死ねるのになあ」

しかし、はなは確信に満ちた口調で言った。

「おじさん、おばさん、大丈夫。山Ｐは荒川区と台東区が縄張りだけど、中央区の訪問医にも、絶対に信頼できるお医者さんはいるよ。これから時間を掛けて、ゆっくり探せば良いじゃない」

「そうよ。皆さんとてもお元気だもの。ずっと先の話よ」

「次の元号まで大丈夫だって」

瑠美も康平も明るい声で場を盛り上げてくれた。

感謝しつつも、二三は心から賛同できない自分を感じていた。確かに一子は年よりずっと若くて元気だが、八十歳より九十歳に近いことに間違いはない。今の健康状態が何年先まで続くか、その保証は何処《どこ》にもなかった。

……いつの日か、確実に別れはやって来る。

「ふみちゃん、幾つになっても初めてのことはあるもんね。あたしははなちゃんのお陰で一つ利口になったわ」

一子は嬉しそうに微笑んでいる。

その笑顔に、二三の心を陰らせた感傷は霧が晴れるように消えていった。

「私も、老後の不安が一つ消えたわ。要《かなめ》に迷惑かけずに死ねるって分って、ホッとした」

そう、確かに別れはやって来る。この世で一番確実なことはいつか必ず死ぬことだ……

でも、それがどうした。

二三は一子に微笑み返した。

だからこそ、短い間のこの世の縁が大切なのだ。これからの一日一日を愛《いと》おしみ、悔いのないように過ごしていくのだ。そして、いつか来る再会の日を楽しみに待てば良い。

「皆さん、今日は良いこと聞いたお祝いに、お店からデザートのサービスです！」

二三が声を張ると、店に残っていたお客さんたちはパチパチと拍手した。

「おばちゃん、この店、デザートなんかあった？」

テーブル席のお客さんが不思議そうな顔で訊いた。

「今日だけ特別です」

二三は厨房《ちゅうぼう》に入り、冷蔵庫から大型プラスチック容器を取り出した。中身はイチジクのコンポートだ。

　実は今日、スーパーのおつとめ品コーナーで見付けたイチジクを、安いブランデー（一本千円以下）で煮て冷やしたものだ。煮ることでブランデーのアルコールは抜け、香りと旨味《うまみ》が残る。熟れたイチジクは甘さを増し、砂糖無しで煮ると上品な味になる。赤ワインで煮ても良いが、二三はブランデーの香りが好きだった。

　本当は今夜、特別メニューで出そうと思っていたのだが、山下の出現に取り紛れてすっかり忘れていた。

「簡単で安くて美味い。まさにはじめ食堂にピッタリのデザートでしょう」

「良いなあ。さっぱりして、酒の後にピッタリだ」

「すごくおしゃれね。高級感満点よ」

　康平も瑠美も賛辞を惜しまなかった。

「二三さん、何処で覚えたの？」

「亡くなった母が作ってくれたんです。ずっと作らなかったんですけど、お店を手伝うようになってから、時々思い出して」

　山手は美味そうに器に残った汁を啜った。

「甘すぎないのが良いな。大人の味だ」

　瑠美は空になった器から二三に目を移した。

「これからデザートメニューも置いてみたらどうかしら？　こういうデザートなら男性も

喜ぶと思うけど」

万里がカウンターから身を乗り出した。

「俺も、デザートは置いても良いように思うんです。先生、そのうち相談に乗って下さい」

「いつでもどうぞ。今やはじめ食堂は私の食卓同然だし」

夏の夜、地上の空気はまだ蒸し暑かったが、空には星が輝いていた。


二三が異変に気付いたのは翌朝だった。

目が覚めると右手に鈍痛がある。じわじわと痛い。何気なく手を目の前に持ってきて、愕然《がくぜん》とした。

な、何、これ⁉

右手の親指の付け根周辺が、パンパンに膨れている。掌側も甲側も、まるでゴムまりのようだ。透明な傷絆創膏を通して、直径一・五センチほどの白い塊が見える。明らかに、昨日猫に引っかかれた傷が悪化して腫《は》れているのだ。

昨夜、床につく頃になっても痛みが引かないのを不審には思ったが、まさかこんなことになっていようとは。

二三はとにかく起き上がり、着替えて顔を洗おうとした。そこで改めて容易ならざる事態に陥ったことを思い知らされた。

とにかく右手に力が入らない。歯ブラシもしっかり持てないし、タオルも絞れない。ペットボトルのキャップも開けられない。

ど、どうしよう⁉

「料理教室の生徒が猫に引っかかれて感染症を起こし、一週間入院した」という瑠美の話が思い出された。

二三が恐れたのは傷ではない。働けないことだ。明日ははじめ食堂を開けなければならないというのに、この状態では使い物にならない。包丁も握れなければ重いものも運べない。完全な戦力外状態になる。

かつて一子が腰と足を痛めたときは、万里を臨時のバイトで雇い、何とか三人で乗り切った。だが、一子はあの時より年を取っているし、定食メニューも増えている。二三抜きでランチタイムを乗り切れるとは思えない。

二三が途方に暮れていると、一子が茶の間に入ってきた。

「おはよう。……どうかした？」

「お姑さん、手が、こんなになっちゃって」

「まあ！」

一子も驚いて息を呑《の》んだ。

「救急外来に行かないとダメかしら？」

「そうねえ……」

正直、二三は行きたくなかった。多分ウンザリするほど待たされるだろうという予想と、「猫に引っかかれたぐらいで救急はないだろう」という羞恥心《しゅうちしん》が、邪魔をしているのだ。

「おはお～」

そこへ要があくびをしながら入ってきた。出版社に勤めていて、平日でも九時前に帰宅することは滅多《めった》にないが、金曜は午前様になることが多い。

「何、二人とも？　深刻な顔しちゃって」

二三は黙って右手を突きだした。

「あらら、ひどい。どしたの？」

「猫に引っかかれた」

要は笑って良いかどうか確かめるように一子の顔を見て、結局笑いを引っ込めた。

「病院、行く？」

「今、迷ってるとこ」

「でも、行った方が良いよね、これは」

一子は頬《ほお》に手を当てて、じっと二三の手を見た。

「ただ、腫れてはいるけど膿《う》んではいないから、切開して膿《うみ》を出すような治療はしないわね。抗生物質を処方されるだけでしょう。それなら、何処の病院に行っても同じだから……」

一子は一呼吸してから決断した。

「昨日の山下先生に相談してみたらどうかしら？」

「でも、昨日の今日じゃあ……」

「遠慮してる場合じゃないよ。ふみちゃん、自分の身体のことなんだから」

「山下先生って、誰《だれ》？」

「昨日はなちゃんが連れてきたお医者さん。はなちゃんのお祖母ちゃんの訪問医の先生だって」

訪問医という言葉を聞くと、要がピクリと眉を動かした。

「その先生の診療所って、年中無休、二十四時間緊急対応してくれるとこ？」

「はなちゃんはそう言ってたけど」

「あんた、よく知ってるわね」

「前に実用書編集してた時、訪問医療の本作ったことあるのよ」

要は有無を言わさぬ口調になった。

「お母さん、その先生に診てもらおう。往診させたら悪いけど、こっちから先生のとこに出向くなら、そんなに迷惑にならないよ。処方箋《しょほうせん》出してもらうだけなんだから」

「ふみちゃん、それが良いよ。そうしなさい」

要がすっくと立ち上がった。

「私、万里に電話してはなちゃんに連絡取るから、お母さん、出掛ける支度して」

そう言い置いて自分の部屋に戻っていった。

二三が外出用のバッグを出して準備していると、外出着に着替えた要がスマホを手に入ってきた。

「万里、すぐ連絡するって。はなちゃんには直接私のスマホに返事してくれるように伝えたから」

間もなくスマホの呼び出し音が鳴った。

「もしもし、はなちゃん？　悪いね。……うん、分った。ありがとう」

通話が終るとスマホの画面を見ながら言った。

「先生、十二時から一時まで診療所に詰めてるって。その間に行けば、診察して処方箋書いてくれるから。あ、来た」

診療所の住所はスマホにメールで送られてきた。

「さ、行こう」

「大丈夫よ。付いてこなくても」

「一人じゃ心配だもん」

「ふみちゃん、付いてってもらいなさい。要がいてくれた方が、あたしも安心だから」

「お母さん、早く」

要に促され、二三は階段を降りた。

「診療所は常磐線《じょうばん》三河島《みかわしま》駅から徒歩一分だって。ここからだと有楽町線《ゆうらくちょう》で有楽町に出て、山手線《やまのて》で日暮里《にっぽり》まで行って、常磐線に乗り換えるのが最短コースだと思う」

要はスマホで検索しながらテキパキと言って月島《つきしま》駅に向かった。二三は正直、要が頼もしかった。怪我《けが》をしたショックで気が弱くなっているせいかもしれないが、それにしてもいつもは半人前で頼りなく思っていた娘の姿が、今は一回り大きく見える。

電車を乗り継ぎ、二人が三河島駅に降り立ったのは十二時を五分ほど過ぎた時刻だった。

「ええと、東日暮里《ひがしにっぽり》六丁目……」

要はスマホの地図を頼りに道を進み、駅前の通りから一本裏に入った道を折れ、コーポ形式の建物の前で立ち止まった。一階に「さくら在宅診療所」という看板が出ている。

「ここ、ここ」

正面のガラス戸には診療所名の上に「最後の一瞬まで責任を持って寄り添います」という添え書きがあった。

「ごめん下さい」

中に入ると受付で、事務員の女性が座っていた。

「二三《にのまえ》さんですね？　お話は伺っております。どうぞ、中へ」

ドアの向こうが診察室だった。普通の医院に比べるととても狭く、診察用の机と椅子と診察台を置いただけで「足の踏み場もない」くらいだった。考えてみれば山下は訪問診療が主で、診療所で患者を診ることはほとんどないのだろう。

「どうぞお掛け下さい」

山下は穏やかな微笑を浮かべて向かいの椅子を勧めた。

「先生、よろしくお願いします」

要が二三の後ろに立って頭を下げた。

「ちょっと傷を拝見します」

山下は二三の手をじっくり眺めてから絆創膏を剝《は》がし、更にじっと見た。そして首筋から顎《あご》にかけてを触診した。

「今のところリンパに異常はありません。少し強めの抗生剤を出しましょう。それと抗炎軟膏を出しますので、それで少し様子を見て下さい」

二三は安堵の溜息を吐いた。大した怪我でないことは、山下の表情を見ていれば分かったが、処方される薬も一般的なものらしい。大事には至らなかったのだ。

「駅の近くのドラッグストアの中に調剤薬局があります。そこで薬をもらって下さい」

「本当にどうもありがとうございました」

二人は何度も頭を下げて、受付で会計を済ませた。と、山下が診察室から出てきた。

「念のために、軟膏を塗ったら、普通のガーゼの傷絆創膏を貼って下さい。そのタイプは水分を吸収するので、薬の効果がなくなりますから」

二人は改めて礼を言い、駅前に向った。

薬局で薬を受け取り、ついでに水をもらって薬を飲んだ。それからドラッグストアで大判の傷絆創膏を買い、佃島へ戻った。

「良い先生だねえ」

地下鉄の中で要は感心したように言った。

「お医者って威張ってる人が多いのよ。コミュニケーション能力なかったり、人間的には付き合いたくない人が多かった。あの先生は優しいし、物腰が柔らかいし、医者じゃなくても充分やっていける感じ」

「あんたも段々人を見る目が出来てきたじゃない」

家に戻ると、痛みが少し軽くなっているような気がした。

そして夜には、パンパンに膨れあがっていた手の腫れが、少し引いているのが分った。いくらか皮膚に余裕が出てきたのだ。

ああ、これで明日は少しは働ける……。

二三は山下と、どこかにいるだろう亡き夫高《たかし》に心の中で礼を言い、そっと手を合せた。

この日の夜も星がきれいだった。

翌朝、手の状態は明らかに改善していた。薬が効いているのだ。昨日の朝に比べたら五十パーセント増しで良くなっているような気がした。

「人間って、弱いもんね。猫に引っかかれたくらいで、こんな大騒ぎしちゃうんだから」

朝ご飯の席で、二三は自嘲《じちよう》気味に言った。

「日頃健康な人は、病気になったり怪我したりって、心の準備が出来てないからね。その場になったらあわてるのは仕方ないよ」

一子がご飯をよそいながら言った。

「ふみちゃんだけじゃない。あたしだって今まで大きな病気や怪我とは無縁できたから、いざとなったらあわてると思うよ」

味噌汁を飲み干した要が神妙な顔で言った。

「でも、考えてみればお母さんもお祖母ちゃんも、長いこと食堂やってるのに、今まで入院するような怪我も病気もなかったんだよね。それ、すごく運が良いんじゃない？」

言われてみればその通りだった。

「神様か仏様か知らないけど、日頃から感謝しないといけないのかも知れないねえ……」

「本当に。こんなことでもないと健康のありがたみも分らないし」

食事を終えて出勤する間際、要は念を押した。

「でも、無理は絶対にしないでよね」

「はい、はい。大丈夫」

とは言え、多少の無理はしないとダメだと、二三は思っていた。

「おはよっす」

九時半ちょっと前に万里がやってきた。

「おばちゃん、手、大丈夫？」

「うん、何とか」

二三は介護用手袋をはめた右手を挙げた。

「無理しないでよ、助《すけ》っ人《と》連れてきたから」

万里が戸口を見遣ると、Ｔシャツ姿の女性が入ってきた。

「メイちゃん！」

「おはようございます。今日一日、お手伝いさせていただきます」

化粧気のない顔に華やかな笑みを浮かべた。

「万里君ほどじゃないけど、料理はそこそこやってます。猫の手よりはお役に立てると思いますので」

「だって、メイちゃん、悪いわ」

「あなた、昨夜も遅かったんでしょ。疲れてるんじゃないの？」

二三と一子は予想外のことに戸惑っていた。

「おばちゃん、遠慮しないで。私のためでもあるんです。店を持つまでに、勉強したいから」

「そうだよ。青木が一国一城の主《あるじ》になったら、みんなでご飯食べに行こうよ」

二三はメイ、万里と視線を動かし、最後に一子の顔で止めた。油断すると泣いてしまいそうだった。一子の瞳《ひとみ》も潤んでいた。

「ありがとう、メイちゃん。助かるわ」

一子は明るく言って、二三を振り向いた。

「ふみちゃん、今日はご厚意に甘えよう。あたしたちもいつか、メイちゃんの役に立てるかも知れないんだから」

メイは背負っていたリュックからエプロンを取り出して身につけ、頭はバンダナで巻いた。

「それじゃ、よろしくお願いします！」

「こちらこそ！」

はじめ食堂の朝が始まった。

あわただしくランチの準備は進み、二三は暖簾《のれん》を表に掛けた。ふと空を見上げると、夏の空は青く晴れ、白い雲を浮かべていた。

……そうだ。今度スープカレーを作ったら、山下先生に届けてあげよう。

そう思うと、自然に笑みが浮かんだ。

「いらっしゃいませ！」

ランチのお客さんを迎える声が弾んだ。

第二話

ぶっかけ素麺で行こう！

九月に入ったというのに真夏の暑さが続いていた。日中は連日三十度を下らない。七月の冷夏が嘘《うそ》のようだ。

今は午前十時を少し回った時刻。はじめ食堂はランチタイムの仕込みの真っ最中だ。ご飯を炊き、魚を焼き、煮魚と味噌汁《みそしる》の鍋《なべ》をガス台にかけ、火口を全開で使っているから、いくら冷房の温度を下げても焼け石に水で、厨房《ちゅうぼう》はほとんど蒸《む》し風呂《ぶろ》と化してしまう。二三《ふみ》と一子《いちこ》が三角巾《さんかくきん》、万里《ばんり》がバンダナを頭に巻いているのは伊達《だて》ではない。頭の地肌から流れ出る汗が顔に滴って目に入るのを防ぐためだ。そのくらい、熱気と湿気が渦巻いている。

ご飯が炊き上がった。これから蒸らしの終る三十分の間に、全《すべ》ての準備を終えなくてはならない。

すでに焼き魚と煮魚の調理は終り、味噌汁も完成した。万里は中華鍋をふるって炒《いた》め物に取りかかり、二三は大鍋で素麺《そうめん》を茹《ゆ》で始めた。茹で時間は二分もかからないが、その後冷水で洗ってぬめりを取り、一人前ずつザルに取り分けておくのが一仕事だ。一子は小鉢とサラダを盛り付けている。

タイマーが鳴った。三十分経《た》ったのだ。あうんの呼吸で、三人はそれぞれの仕事を終えている。

「はい、よろしく」

万里が五升炊きの大釜《おおがま》を調理台に持ち上げた。蓋《ふた》を取ると真っ白い湯気がフワッと上がり、甘く穏やかな匂《にお》いが周囲に漂う。湯気の下からは炊きたてのご飯が、真珠色の粒立った姿を覗《のぞ》かせている。

どんなに暑い夏の盛りでも、二三はこの湯気を浴びるのが少しもイヤではない。不思議なほど幸せな気持ちになれるのだ。大きなしゃもじを両手に持って、釜からジャーにご飯を移してゆく。

釜底に残ったお焦げに塩とゴマを振り、おにぎりを作るのは一子の役目だ。

「はい、どうぞ」

万里が二つ、一子と二三は一つ。これが三人の朝の賄《まかな》いになる。毎朝食べているのに、ガス炊きのご飯というのはいつも感動するほど美味《うま》い。店を開けるまでのほんの十分ほどだが、このひと時のおにぎりブレイクが、忙しいランチタイムを乗り切る原動力になっているのかも知れない。

「九月だっていうのに、クソ暑いったら。毎日三十度超えなんて、異常だわ。……もっとも、いつの間にか真夏は三十五度が当たり前になっちゃったから、正常なのかも知れないけど」

二三はぼやきつつ、冷たい麦茶を飲んでハンドタオルで汗を押さえた。この頃《ころ》になるとやっと冷房が効いてくる。

「あたしが若い頃は冷房なんてなかったけど、店は団扇《うちわ》と扇風機でなんとかしのげたわ。他の店もそうだったし」

一子も麦茶を飲み干し、二杯目をコップに注《つ》いだ。

「お台場にビルがいっぱい建って、海風を遮ったせいだって。ヒートアイランド現象っていうのよ。それまでは夏の盛りだって、せいぜい三十一度か二度だったわ」

二三は記憶をたどるように視線を上に向けた。

「それと、やっぱりマンションが増えたのが大きいわね。一戸建てならガス台一つだったのが、同じ面積に何十もあって、おまけに冷房の室外機が鈴なりなんだから」

二三はバブルが崩壊した直後、銀座《ぎんざ》の路地裏で見た光景を思い出した。ビル一棟が壊されて更地になり、境を接して建つ古いビルの背面が丸見えになっていたのだが、そこに規則正しく並んだ室外機の数に息を呑《の》み、恐怖すら感じた。

「令和になっても、異常気象は続くのかしらねえ……」

平成は自然災害の多い時代だった。特に大地震と豪雨災害は〝百年に一度〟クラスが立て続けに起きたような印象だ。そして令和もまた、改元間もない六月に東北で地震が発生し、西日本は大雨に襲われた。いったいこれからどうなることやら……。

するとと万里が茶化すように言った。

「おばちゃんたちは寄ると触ると『昭和は良かった』みたいな話になるけど、俺《おれ》は生まれてこの方景気の悪い時代しか知らないし、物心ついてすぐ阪神《はんしん》・淡路《あわじ》大震災と地下鉄サリン事件だったたし、まあ、世の中こんなもんだと思ってるよ」

二三と一子は虚を突かれ、驚いて顔を見合わせた。

「まあ、そうだったんだ」

「気が付かなかった」

「万里君、可哀想《かわいそう》に」

「どう致しまして」

万里はひょいと肩をすくめた。

「お陰で〝身の丈に合った〟生き方をするようになりました……ってね」

それから鼻の頭にシワを寄せ、やれやれという風に首を振った。

「覇気がないとか草食系とか言われちゃうけど、俺に言わせりゃ時代に合ってんだよ。早い話、今、江戸時代や明治時代の人に出てこられたら、おばちゃんたちも困るでしょ？」

「そう言われれば……」

「一言もありません」

二三と一子は神妙に頷《うなず》いた。

「おっと、時間、時間！」

万里は壁の時計に目を遣《や》り、あわててカウンターから飛び出した。暖簾《のれん》を表に掛け、立て看板を道路に置くと、いよいよはじめ食堂の開店だ。

「こんにちはあ」

次々とお客さんが入ってくる。

「いらっしゃいませえ！」

三人は元気よく声を揃《そろ》えた。

今日のランチメニューは、焼き魚はサンマ、煮魚は赤魚、日替わりが肉野菜炒めと麻婆《マーボ》ナス。定番の定食はカツと海老《えび》フライ。小鉢はチーズちくわとモヤシのナムル。味噌汁は冬瓜《とうがん》と茗荷《みょうが》。漬物はカブとキュウリの糠漬《ぬかづ》け。他にサラダが付いて、ご飯と味噌汁はお代わり自由。

そして、本日のワンコインはゴマソースのぶっかけ素麵。テイクアウトは枝豆ご飯のおにぎり。どちらも新メニューだ。

ぶっかけ素麵は暑い夏に大人気の冷たいメニューで、暦の上では秋になった今も大人気だ。文字通り素麺にトッピングをしてタレをぶっかけた料理だが、そのバリエーションは無限に近い。今日は昨日のうちに素揚げしてめんつゆにつけたナス、やはり昨日のうちに作った蒸《む》し鶏《どり》、生のトマトをトッピングしてゴマ風味のソースを掛けた。喉《のど》ごし良くさっぱり食べられるのに、揚げナスと蒸し鶏、ゴマソースのお陰でボリューム感もある。

枝豆は九月で最後になる。枝豆ご飯のレシピは色々あるが、はじめ食堂ではちょっぴり韓国風にした。炊きたてのご飯にゴマ油を垂らし、茹でた枝豆を混ぜて塩胡椒《しおこしょう》で味を調える。シンプルだが枝豆の旨味《うまみ》とゴマ油の風味がマッチして、一度食べると癖になる味だ。

「ああ、なんかもう、素麺はぶっかけに限るわ！」

若い女性客は感に堪えたように言い放ち、勢いよく麺を啜《すす》り込んだ。二百円プラスで定食セットを注文した一人だ。

「私ももう、生姜《しょうが》とめんつゆじゃ物足りない。このトッピングとタレ、良いわあ」

向かいの席の女性も賛同し、ナスの揚げ浸しを頰張《ほおば》った。テーブルを占めているのはワカイのOL四人組で、いずれも常連さんだ。夏は冷たい麺を注文することが多い。「暑いとどうしても食欲が落ちるのよね」が口癖だが、どうして良い食べっぷりだ。

「ねえ、おばちゃん、明日の冷やし麺は何？」

勘定を払うときにOLの一人が聞いた。

「豚しゃぶの冷やし素麺です。香味野菜たっぷりで、さっぱり食べられますよ」

「それ、予約しとく。売り切れたら困るから」

「私も！」

四人全員、明日の冷たい麺を予約してくれた。

「毎度ありがとうございます！」

二三は笑顔で声を弾ませた。


「サンマは今年初だしなあ……」

三原茂之《みはらしげゆき》は黒板のメニューを見て悩ましげに溜息《ためいき》を吐《つ》いた。ワンコインの冷たい麺が気になっているのだ。

その様子を横目で眺めて、野田梓《のだあずさ》は三原に分らないように「ばっかみたい」と二三に合図を送った。毎回「冷たい麺は小鉢でサービスしますよ」と言われて厚意に甘えているのに、何を今更……と思っているらしい。梓の方はさっさとサンマの塩焼きを注文した。

「三原さん、麺は小鉢でお出ししますよ」

一子がいつものように申し出ると、三原は恐縮して「いつもすみません」と頭を下げた。

「いや、お宅の麺は美味《おい》しくて、本当にありがたいと思ってるんです。ただ、こちらで昼に麺をいただくと、何となく夕飯に自分で蕎麦《そば》を茹でるのが虚《むな》しくなってきましてねえ……」

三原は奥さんを亡くしてから十年以上一人暮らしを続けている。昼にはじめ食堂で食べるランチが唯一まともな食事で、朝はコーヒーと果物かトースト、夜は簡単に麺類で済ませることが多いという。帝都《ていと》ホテルの特別顧問を務めている関係で、今も週に一度くらい夜の会食があり、カロリー過多にならないように気を遣っているのだろう。

「三原さん、いっそ夕飯もここで食べたら良いんじゃありませんか？　カロリー少なめの料理注文すれば、大丈夫ですよ」

梓が言うと、三原は情けなさそうな顔になった。

「そうしたいのは山々なんですが……夜のメニューも色々美味しそうな料理が揃ってますからねえ。自制心を失いそうで」

店にいる誰《だれ》もが思わず微笑《ほほえ》んだ。

「ありがとう存じます。そう仰《おつしや》っていただけると、ますます張り合いがでますよ。ねえ？」

一子がカウンターの中の二三と万里を振り返った。

「頑張ります」

「これからも、いっぱい美味しい物作ります」

二三と万里はガッツポーズを決めて、頷き合った。

「俺はやっぱ、お宅の冷たい麺でいっちゃん好きなのは冷や汁素麺だな」

お通しのゼリー寄せを口に入れて、辰浪康平《たつなみこうへい》が言った。今日のゼリー寄せは鶏の皮の細切りを生姜風味のスープで煮て固めたものだ。丁寧に油抜きをして生姜を利かせているので、臭みはまったくない。酒の肴《さかな》にピッタリのおしゃれな一品に仕上がった。

康平の最初の一杯は今日も生ビールになった。真夏のような暑さが続いているうちは「これで喉を潤さないと、人心地が付かない」と言う。

「俺もそう思うけど、あれは手が掛かるからさ、ランチじゃやりたくないんだよね」

冬瓜と小海老の冷やし煮を盛り付けながら万里が答えた。康平は他に青梗菜《チンゲンサイ》と椎茸《しいたけ》炒め、サンマの塩焼きを注文している。

「ええと、冷酒下さい。今日は……貴《たか》」

「はい、ありがとうございます」

二三は冷蔵庫から酒瓶を取り出し、一合のデカンタに注いだ。

「康ちゃん、シメはどうする？　焼きたてのサンマの塩焼きでご飯にするか、それとも万里君に何か作ってもらおうか？」

カウンターの端に腰を下ろしている一子が尋ねた。

「そうだなあ……。万里、今日のお勧めは？」

「枝豆ご飯のおにぎり、ゴマダレのぶっかけ素麺、鶏ガラスープで煮麺《にゅうめん》も出来るよ」

「う〜ん」

康平は腕を組んで真剣な顔になった。

「迷ったら、ハーフ&ハーフも出来るよ」

「ますます迷うじゃないかよ。ええと、それじゃゴマダレと鶏ガラスープのハーフ&ハーフで頼むわ」

言い終ると冬瓜を箸《はし》で千切って口に運び「ああ、夏の終りのハーモニー」と呟《つぶや》いた。

冬瓜は癖がないので、出汁《だし》の味がダイレクトに反映される。決して出しゃばらないが、和・洋・中、全ての味を受け容《い》れて主役を引き立てる懐の深さもある。今日の主役はこの出汁だろう。昆布と鰹節《かつおぶし》のダブルスープに、針生姜でアクセントを添えた。それをたっぷり身に染みこませつつ、ゲストの小海老に花を持たせる名脇役《めいわきやく》ぶりが心憎い。

「こんばんは！」

六時ちょっと前に店に現れたのは菊川瑠美《きくかわるみ》だった。

「いらっしゃいませ。お早いですね、お珍しい」

「銀座で取材だったの。今日はもう仕事入れてないから、真《ま》っ直《す》ぐ来ちゃった。ええと、梨《なし》のスムージーサワー下さい」

おしぼりで手を拭《ふ》きながら、黒板のメニューに目を走らせている。かなりお腹《なか》が空《す》いているらしく、お通しのゼリー寄せを二口で呑み込んでしまった。ひょっとして、昼ご飯もろくに食べられなかったのかも知れない。人気料理研究家の瑠美は、料理教室と雑誌の連載の他に、メディアの仕事が飛び込んでくる。

「冬瓜と小海老の冷やし煮、青梗菜と椎茸炒め、里芋の唐揚げ、サンマの塩焼き……取《と》り敢《あ》えずこれで。あ、大根おろし多めでお願いします！」

一気に注文を終えると、スムージーのグラスを傾けた。

「ああ、キーンとする！　生き返った！」

やっと人心地が付いたような顔でグラスを置き、康平を振り向いた。

「康平さん、何呑んでますか？」

「貴です。サンマの塩焼きは宝剣《ほうけん》にしようかと……」

「じゃ、私もそれにします。二三さ〜ん、貴、一合！」

瑠美は最初に運ばれた冬瓜と小海老の冷やし煮を、あっという間に平らげて、大きく溜息を吐いた。

「ああ、美味しい。私、いつも思うんだけど、冬瓜って地味にすごいわ」

「いろんな物と合いますよね。他の野菜とも肉とも魚介とも」

康平が青梗菜と椎茸炒めに箸を伸ばして言った。さっと炒めて中華スープとオイスターソースで味を付けただけだが、野菜と椎茸の滋味が身体《からだ》に染み渡る味わいだ。

「そうそう。夏に収穫して冬まで保存できるってすごいと思いますよ。今は冷蔵技術も発達してるし、ハウス栽培で通年収穫できる野菜も多いけど、昔はそんなの無かったわけだし。冬瓜のお陰で助かった人、大勢いたんじゃないかしら」

瑠美と康平が冬瓜で盛り上がっているうちに、里芋の唐揚げが揚がった。

「まあ、良い香り」

表面に散らした緑色の粉は、酢橘《すだち》の皮をおろしたものだ。

「手が込んでるわねえ」

里芋の一片を口に含んで、瑠美は溜息を漏らした。

実は生の里芋を含め煮にしてから唐揚げにしてあるのだ。うっすらと甘い出汁が芋全体に染み渡り、カリッと揚がった歯触りの後にクリーミーな食感が舌に広がる……と同時に、酢橘の爽《さわ》やかな香りが鼻腔《びこう》を抜けてゆく。味と食感と香りが渾然《こんぜん》一体となった、至福の瞬間の訪れだ。

「前に銀座の和食屋さんで食べたんです。その店は海老芋でしたけど、美味しいから里芋でやってみようと思って」

「二三さん、偉いわ。万里君も、一子さんも、こちらの皆さんはいつも研究熱心よねえ」

瑠美は感に堪えたように目を閉じて首を左右に振った。と、その鼻先にサンマの焼ける良い匂いが漂ってきた。瑠美の目がパッチリ開いた。

「先生、サンマとご飯でシメになさいますか？　それとも麺類を用意しましょうか？」

一子は康平に言ったのと同じ質問を繰り返した。瑠美は腕を組んで「う～ん」と呻《うな》ってから、きっぱりと答えた。

「ご飯にして下さい！」

「畏《かしこ》まりました。それじゃ、お味噌汁と漬物もご用意しますね」

一子はニッコリ微笑んだ。

「今日は冬瓜と茗荷のお味噌汁ですよ」

瑠美がサンマの塩焼きを、康平が素麺ハーフ&ハーフを食べ始めたところで、ガラリと戸が開いて山手政夫《やまてまさお》が入ってきた。

「いらっしゃい！」

今日は一人で、相棒の後藤輝明《ごとうてるあき》はいなかった。

「こんばんは」

山手は先客に挨拶《あいさつ》してカウンターに腰を下ろした。例によって日《ひ》の出湯《でゆ》で汗を流してきた帰りのようだが、それにしては表情が冴《さ》えない。いつも風呂上がりはさっぱりした顔をしているのに、妙な屈託が表情にこびりついている。

「お飲み物、どうします？　生ビール？」

「そうだな。取り敢えず中生」

二三はおしぼりとお通しをカウンターに置き、そっと山手の横顔を窺《うかが》った。明らかに何か不愉快な出来事に遭遇したと思われる。だが「何かあったんですか？」などと尋ねるのはためらわれた。話したければ、山手が自ら話すだろう。

「政《まさ》さん、お宅で仕入れたサンマがあるわよ。塩焼きでどう？」

「うん、そうだな」

「おじさん、今日の卵、どうする？　ゴーヤチャンプルー出来るよ」

「苦瓜《にがうり》だろう？　止《や》めとくよ。コンビーフかトマトにしてくれ」

「じゃ、トマトね。この前は中華風だったから、バターたっぷりでフランス風にするよ」

「二杯目は鯉川《こいかわ》にしなよ。バターを使った料理に合うから」

「ああ、そうしよう」

一子も万里も康平も、いつもの調子を保ちながら、さりげなく山手の気を引き立てようとした。そのせいか、生ビールのジョッキを空ける頃には、山手も元気を取り戻してきた。

「いや、実は出がけに倅《せがれ》の野郎と喧嘩《けんか》しちまってよ」

言うなり山手は里芋の唐揚げを勢いよく口に放《ほう》り込み、熱さにあわてて「あふぁふぁ……」と、金魚のように口をパクパクさせた。

「政和《まさかず》さんと？」

一子は冷水のコップを差し出した。山手は片手で拝んでコップを受け取り、水を一口飲んで頷いた。

「どうして、また？」

政和は山手の長男で魚政《うおまさ》を継いだ、五十一歳の働き盛りである。山手は喧嘩っ早くておっちょこちょいの気味があるが、政和は慎重で穏やかな性格だった。これまで父親と喧嘩をしたという話は聞いたことがない。

「あの野郎、俺に免許を返納しろって言いやがるんだ。もうすぐ後期高齢者になるんだからとか抜かしやがって」

「まあ！」

一子は思わず呆気《あっけ》に取られて口を半開きにしてしまった。山手は自分より十二歳も若いと思っていたのだが、考えてみれば今年七十四になる。

「最近高齢者の車の事故が続いてるから、親父《おやじ》ももう運転は止めた方が良いって、こうだ。ふざけんなってんだ！」

山手は鯉川のグラスを飲み干した。

「俺は十八の年に免許を取って、高校を卒業した後はずっと俺が運転して築地《つきじ》に買出しに行ってたんだ。運転歴五十六年よ。そこらの日曜ドライバーと一緒にすんなってんだ」

「おじさんの言う通りだわ。年齢だけで一律に線引きするのはおかしいわよ。運転の技量は人それぞれ違うんだから」

力強く断言したのは二三だった。

「いつかはなちゃんと帝都ホテルへ送ってもらったときだって、おじさんの運転は大したもんだったわ。若くたってたまにしか運転しない人の方が、よっぽど危ないわよ」

「俺はおじさんの運転の腕はなまってないと思うよ。だけど、政和さんの気持ちも分る。やっぱ、心配なんだよ。ここんとこ立て続けじゃない。事故が起きてからじゃ遅いしさ」

「だから、一緒にすんなってんだ。俺は生まれてこの方、ブレーキとアクセルを踏み間違えるようなヘマはしちゃいねえ」

高齢者は何かで運転をミスするとパニックに陥り、ブレーキのつもりでアクセルを踏んでしまうらしい。

「道路を逆走なんざ、逆立ちしたってあり得ねえや」

山手が鼻息も荒く言い募ると、康平は器に残った鶏ガラスープをズズッと啜った。

「それは政和さんだって良く分ってるよ。ただ、今までは大丈夫だったけど、この先いつまで大丈夫か分らない。それが心配なんだと思う」

サンマの塩焼きを食べ終えた瑠美が、遠慮がちに口を挟んだ。

「悲惨ですものねえ……被害者も加害者も」

報道された高齢者による交通事故はいずれも痛ましいものだった。被害者の悲劇は言うまでもなく、加害者もまた晩節を汚し、一生後悔に苛《さいな》まれなくてはならない悲劇を背負うことになる。

「自動ブレーキシステム搭載の車なら大丈夫だって、雑誌に書いてあったけど？」

洗い物の手を止めて万里が言った。

「何、それ?」

「いやあ、俺もよく知らないんだけど、障害物があると自動的にブレーキが掛かるみたい」

二三の質問に、車を持っていない万里は頼りなく答えた。

「衝突被害軽減ブレーキって言うんだよ。最初は障害物を認識するとスピードを落とすだけだったけど、今では自動停止までするようになった。新車は大体このシステムを搭載してるんだけど……」

康平が後を引き取った。自身も酒の配達で毎日車を運転しているので、ある程度詳しい。

「おじさんとこの車は何年製?」

「……もう十年は経ってるか」

山手は記憶をたぐるように眉間《みけん》にシワを寄せ、指を折った。

「それじゃ、自動停止は付いてないな。アイサイトが発売された頃だし」

現在は新車の七割以上に衝突被害軽減ブレーキが搭載されているが、十年前はまだごく少数だった。

「難しいですよねえ……」

瑠美は溜息混じりに呟いて、食後のほうじ茶を一口啜った。

「山手さんみたいな現役ドライバーもいれば、明らかに運転能力の衰えている人もいるし、一括《ひとくく》りには出来ないけど……高齢者の事故が増加してるのは事実だし」

山手を除く一同はいずれも同感の意を表して頷いた。

「それに地方に行くと、車しか足がなかったりするし……」

言いかけて、康平は不思議そうな顔で尋ねた。

「そう言えば、先生は運転なさるんですか？」

「ええ。雑誌の仕事の時なんか、キッチンスタジオに食材運ばなくちゃいけないでしょ。時には調理器具や食器も持ち込むし、車がないとなかなかね」

「意外だなあ」

「料理研究家って、けっこう荷物が多いのよ」

突然万里がパチンと指を鳴らした。

「そうだ！　おじさん、康平さんと菊川先生に息子を説得してもらえば？」

「あら、良いかも」

二三も乗り気になった。康平はともかく、瑠美は名の通った有名人である。その人が保証してくれるなら、政和も納得するのではあるまいか。

「よせやい」

しかし山手は首を縦に振らなかった。

「親父の言うことを聞けねえ奴《やつ》が赤の他人の言うことなんぞ、聞くもんかい」

「おじさん、逆、逆。身内の言うことは聞かなくても、赤の他人の話には耳を傾けたりするんだって」

「ケッ！　そんな奴ァ、親でも子でもねえや。即刻縁切りだ」

康平は「処置なし」という風に肩をすくめて見せた。

二三も一子も万里も、黙って互いの顔を見合せた。三人とも、魚政父子《おやこ》の和解が成立するまでにはもう一波乱ありそうな予感がしたのだった。


「そりゃ、息子さんの言う通りだよ」

閉店時刻ギリギリに帰宅した要《かなめ》は、空いた椅子《いす》に鞄《かばん》を放り出すと、早速冷蔵庫から缶ビールを取り出した。

「実際高齢者の事故は増えてるし、事故起こした人は大概、自分の運転が下手になってるのに気付いてないからね」

「でも、魚政のおじさんは運転歴五十六年のベテランだぜ」

「つーことは七十代半ばじゃない。危ないよ、絶対」

要はきっぱり言い放ち、冬瓜と小海老の冷やし煮を頬張った。

二三はそれを聞いて与謝野晶子《よさのあきこ》の「その子二十《はたち》　櫛《くし》にながるる黒髪の　おごりの春のう

つくしきかな」という和歌を思い出した。自分が七十代半ばの年齢だったら、決してこのような発言はしないだろう。

「お母さん、シメはゴマダレ素麺にして。サンマはご飯要らないから」

要の前にはゼリー寄せ、青梗菜と椎茸炒め、卵とトマトの中華炒めの皿が並んでいる。

「おじさんはそこらの日曜ドライバーと一緒にすんなって怒ってたよ」

万里は要の隣に腰掛け、缶ビールを開けた。

「会社の同期の子のお父さん、今年免許返納したんだって。都バスの運転手さんやってた人だけど」

かつてバスの運転免許試験は合格率三パーセントの難関だった。平成十四年度から試験制度が一部改正されたが、その後も難関であることに変わりはない。

「去年脳梗塞《のうこうそく》の発作を起こして、幸い手術しないで済んだんだけど、記憶力とか判断力にダメージが残ったらしい。自宅で車庫入れしようとして車体こすっちゃって、彼女もお父さんも真っ青になったんだって。このまま運転続けたら絶対に事故起こすって……」

同期の父親は免許を返納し、内勤に異動したという。

「そうやって自分で気が付いてくれれば良いけど、ほとんどは違うでしょ。長年運転してる人ほど、自分のドライビングテクニックに絶対の自信を持ってるからさ」

「だって、魚政のおじさんは元気だぜ」

「だから早めに返した方が良いんだって。このまま十年経っても運転続けてたら、ヤバいことになる危険大だよ」

そして思い出したように二三と一子を振り向いた。

「そう言えば、魚政のおじさんって、もう引退したんだよね？　今は息子さんが仕入れに行ってるんでしょ？」

「そう、確か、築地から豊洲《とよす》に移転したときに……」

「あら、その前の年じゃなかった？」

ああだこうだと記憶を確かめ合う母と祖母は放っておいて、要は万里に視線を移した。

「だからさあ、今はおじさんが車運転する必要性、ゼロじゃん」

「ダンス教室とか俳句教室に車が要るんじゃないかな。帰りに女の人を駅まで送ったりとか」

「それ、必要性って言わないから」

要はさもバカにしたように答えた。

「おじさんにとっては大事なんじゃないの。男のプライドだよ」

「バッカみたい。そんなもんのために妻子が加害者家族になったら、堪《たま》んないわよ」

要は一刀両断したが、二三と一子は頷けない。山手にとって運転免許が「そんなもん」では済まされないことが分るからだ。

「オート三輪運転してた頃の政さんは、まだ十八だったわ。高校卒業したばっかりでね」

一子の瞼《まぶた》には、当時の少年の面影を残した山手が甦《よみがえ》ってきた。気持ちは二三も同じだった。

「私がタカちゃんと結婚した頃は、もうライトバンだったな。おじさんは五十になる手前で、髪の毛もふさふさだったよね」

二三と一子は小さく微笑んで頷き合った。

若い頃には想《おも》い出《で》より未来の方がずっと大きく、大切だ。それがある時を境に想い出の量が未来を上回ってしまう。その時がいつだったか二三は覚えていないが、その時を迎えて初めて、人は想い出の大切さを実感するのだと分るようになった。

「九月にお勧めのカクテルって、ありますか？」

九月に入って初めての土曜の夜、二三と一子は店を閉めてから月島のバー月虹《げっこう》にやってきた。

上品なマスターが一人で営んでいる静かな店で、月に一度か二度、食堂の閉店後に訪れるのが二人の楽しみの一つになった。ここで美味しいカクテルを飲みながら過ごす時間は、二人にあわただしい日常を忘れさせ、リラックスさせてくれる。

「そうですねえ……」

店主の真辺司《まなべつかさ》は二人におしぼりを出しながら、二秒ほど考えた。

「サファイアン・クールは如何《いかが》ですか？」

二三はポンと膝《ひざ》を打った。

「分った！　九月の誕生石でしょ？」

「ご名答です」

「私、それでお願いします。お姑《かあ》さんは？」

「そうねえ……。折角《せっかく》の機会だから、同じ物じゃつまらないし」

真辺は微笑みを浮かべて二人を見た。

「一子さんにはスカイブルーというカクテルをお勧めしたいのですが。日本酒がベースです」

「じゃあ、それにして下さい」

「マスター、スカイブルーと九月はどういう関係ですか？　秋の青空とか？」

「それは召し上がってからのお楽しみです」

真辺は嬉《うれ》しそうに準備を始めた。

サファイアン・クールは一九九〇年に行われたカクテルコンペティションの自由部門で、最優秀技術賞を受賞したカクテルである。ジン、ホワイトキュラソー、グレープフルーツジュースにブルーキュラソーを茶さじ一杯加えてシェイクし、グラスに注いでレモンピールを飾る。

美しい青い色がサファイアを思わせるが、真辺はジンにボンベイ・サファイアを使って遊び心を演出した。味は甘く爽やかで、アルコール度数が強いのを忘れそうになる。

スカイブルーは日本酒にブルーキュラソーとレモンジュースを加えてシェイクし、縁をレモンで拭《ぬぐ》ったグラスに注ぎ、レモンスライスを飾る。これも名前の通り、青空を思わせる色合いだ。

いつもながらカクテルを作る真辺の一連の動作は、無駄がなく流れるようで、レモンを絞る手つき一つも熟練の技を感じさせ、見ていて飽きない。カクテルの出来映えは……。

「呑まなくても分るわね」

「でも、呑んじゃうけど。乾杯！」

二三と一子はグラスを合せ、カクテルを口に含んだ。

シェイクされた酒とジュースは一体と化していながら、口に含むと味が膨らみ、一瞬別の顔を見せて喉を落ちる。カクテルを発明したのはどんな人かと、二三は不思議に思うことがある。

「美味しい……」

二人は同時に溜息を漏らし、真辺を見た。

「それじゃ、謎解《なぞと》きをお願いしますよ、マスター」

「スカイブルーがどうして九月のお酒なのか？」

　真辺の目がいたずらっぽく輝いた。

「実は、日本酒に菊正宗《きくまさむね》を使いました。菊と言えば九月……」

　二三と一子は手を打った。

「まあ、やられたわ」

「お見事！」

「いや、お恥ずかしい」

　それから二杯目のカクテルを味わい、二人は店を出た。美味しいカクテルと和やかな時間のお陰で、すっかり満ち足りて、心に掛かる雲が晴れたような気分だった。


「ねえ、おばちゃん、ぶっかけ素麺シリーズはいつまでやるの？」

　週明けの月曜日、ランチのご常連・ワカイのＯＬが会計しながら訊《き》いた。今日のワンコインメニューはカレーピラフだった。

「そうねえ。今月の半ばくらいかな。暦の上ではもう秋だし」

　二三は九月の大まかなスケジュールを思い浮かべながら答えた。

「後半になっても暑い日はやってよ。私、あれ大好き」

「私、ゴマソース系が好き。揚げナスとか、棒々鶏《バンバンジー》とか、冷しゃぶとか」

「私、醤油《しょうゆ》系。梅ソース系も好きよ」

口々にリクエストするＯＬたちに、二三は笑顔で答えた。

「ありがとうございます。皆さんのご期待に添えるよう、努力いたしますので」

新しく入ってきたサラリーマンが「四人」と指を立てた。二三はすぐさまＯＬたちが帰ったばかりのテーブルを指し示した。

「あちらへどうぞ。すぐ片付けますので」

席に着くと、黒板のメニューを見た一人が尋ねた。

「ねえ、カジキマグロのエスニックソースって、どんなの？」

「新作です。カジキマグロのステーキに、ナンプラーベースのネギソースを掛けてあります。タイ風で、ご飯にも合いますよ」

「じゃ、それ」

「俺、ハンバーグね」

「俺、鯖味噌《さばみそ》」

「俺、ワンコインと定食セット」

この日の焼き魚は赤魚の粕漬《かすづ》け、小鉢は厚揚げと玉ネギの味噌炒めに白菜のお浸し、味噌汁はナスと茗荷、漬物はカブとキュウリの糠漬けだった。

カジキマグロのエスニックソースは、まだまだ暑いのでタイ風も行けるのではないかという二三の提案で出したメニューだった。日替わりのもう一品が人気のハンバーグなので不利だったが、十食全て完売したのだから良しとすべきだろう。

　昼営業を終え、三人は後片付けに入っていた。万里と一子が洗い物、二三は掃除の担当だ。万里がメンバーになってから、後片付けも早くなった。

「やっぱりエスニックってなると、男性は敬遠するのかしら。注文してくれたの、二人だけよ。後は全部女性」

「しょうがないじゃん、ハンバーグの日だし」

　二三がボヤくと万里があっさり言った。

「男の好きなエスニックはカレーなんだよ、結局」

「それにふみちゃん、タイ風って、お酒の肴に良いんじゃないの？　夜に出したら菊川先生が喜ぶわよ、きっと」

「今度はイタリア風に挑戦しようっと」

　テーブルを拭き終った二三が腰を伸ばした。

「そう言えば万里君、もう受験票届いた？」

「何の？」

「調理師試験に決まってるじゃない」

「あ、そうか。もうそんな時期なんだ」

東京の試験は十月十二日土曜日に行われる。

「たしか九月十二日発送って書いてあったような」

「じゃあ、今週中に届くわけね。勉強、進んでる？」

「まあまあ。ダメだったら神奈川県で二度目受けるから、大丈夫だと思うよ」

実は二三も一子もあまり心配していない。自分たちも合格したので、万里も受かるだろうと思っている。もし東京がダメなら神奈川があるし、今年ダメでも来年がある。

お気楽なのがはじめ食堂の強みかも知れない。

その日、万里が帰ると、夜の営業まで二三と一子は二階へ上がった。のんびり午後のワイドショーでも見て身体を休めるつもりだったが、テレビを点《つ》けた途端、画面に映し出されたニュース映像を見て、のんびりどころではなくなった。

『またしても高齢者事故！　三重衝突の悲劇』

タイトルを見て、あわててリモコンで局を変えたが、そこも、別の局も同じニュースを放送中だった。

七十六歳の男性が運転する車が突然暴走して対向車に衝突。その対向車がバイクにぶつかり、バイクの運転者は道路に投げ出され即死、その上、空のバイクが散歩中の保育園児の列に突っ込み、園児二人が重傷を負うという悲惨な事故だった。

「やりきれないのは、暴走した車にぶつけられた車が、被害者であるにもかかわらず、結果的に人の命を奪い、園児二人に重傷を負わせてしまったということです」

レギュラーコメンテーターが怒りを露《あら》わにした表情で言った。

「本人の落ち度ではないのに、これから一生重い十字架を背負っていかなくてはならないわけです。二重、三重の意味で、この高齢者ドライバーの罪は重いと思いますよ」

別のコメンテーターも意気込んで発言した。

「このドライバーは七十六歳でしょう。今日突然に運転が下手になったわけじゃなくて、これまでにも兆候はあったと思うんですよね。誰も気が付かなかったんでしょうか?」

「多分、本人は自覚してないと思うよ」

「それでも家族は分ったんじゃないですかね」

「やはり家族が返納を説得すべきですね。事故が起きてからじゃ遅いですよ」

コメンテーターたちの話は続いていたが、二三はリモコンを押し、画面をドラマの再放送に切り替えた。

「これでまた、魚政に一騒動持ち上がるかも知れないわね」

「そうならないと良いけど……」

しかし、多分このままでは収まらないのは、一子にも良く分っていた。

「また政和さんに何か言われたの?」

おしぼりを出しながら二三は言った。その夜、後藤と連れ立ってはじめ食堂に現れた山手の顔は、風呂上がりでテカテカしているにもかかわらず、どこか曇っている。

「少し沈静化していたんですがね、今日のニュースでまたぞろ騒ぎが持ち上がったんですよ」

山手に代って後藤が説明した。きっと日の出湯でも散々愚痴を聞かされたのだろう。先に来ていた康平は「たいへんですねえ」と目顔で後藤に告げ、冷酒のグラスを目の高さに上げた。今日の一杯目は〆張鶴《しめはりつる》だ。

山手はお通しの器に目を落とし、わずかに眉《まゆ》を上げた。

「何だ、こりゃ？」

「ジャージャー素麺。ちょっと良いでしょ？」

万里が答える。茹でて水で締めた素麺に肉味噌を載せただけだが、素麺は癖がないので、どんなトッピングにも合う。

「お通しにすり流し出したから、麺もやってみた」

「なるほど」

山手と後藤はツルツルと麺を啜り、生ビールのジョッキを傾けた。

「今日のお勧めは焼きナス、トウモロコシの天ぷら、ズッキーニのチーズ焼き、ピーマンの肉詰め、メカジキのソテー・グリーンソース、冬瓜とトマトの豆乳スープ。野菜はみんてみない？」
「コンビーフオムレツもあるけど、アスパラの良いのが入ったから、目玉焼き載せて食べ
「焼きナスと天ぷら、ピーマンとメカジキ。それと、今日の卵は何だ？」
な旬《しゅん》のラストだよ」

「おじさん、お勧めだよ。イタリアンの味」

康平が横から勧めると、山手は素直に頷いた。

「ふうん。じゃあ、それにするか」

「万里君がイタリアンのお店で覚えてきたのよ」

一子がカウンターの端から山手に言った。

「それにしても万里は熱心だな。感心だ」

「来月調理師試験なの。応援してあげてね」

「そうか、そりゃあ、頑張れよ。合格したら祝いに目の下一尺の鯛《たい》を差し入れるからな」

二三は大きく手を叩《たた》いた。

「やったね！　万里君、絶対合格してよ」

「頑張ります！」

カウンターを中心に笑顔が広がった。

馴染《なじ》みの人たちと言葉を交し、酒が入って良い匂いが漂ってくると、山手の機嫌も上向

きになってきた。

　イタリアではアスパラは卵と一緒に食べることが多いという。アスパラの目玉焼き載せは、軽く茹でたアスパラをバターでソテーし、目玉焼きを載せたらパルミジャーノチーズと粗挽《あらび》き胡椒を振ってオーブンで一分ほど熱して出来上がり。

「はい。アスパラは箸で食べられるようにカットしてあるからね」

　万里が湯気の立つ皿を山手と後藤の前に置いた。

「……美味い」

　アスパラを口に含んだ後藤が声を漏らした。バターとチーズと卵はチーズオムレツの材料になるほどで、とても相性が良い。アスパラはマヨネーズと合うように、油と卵と相性抜群である。相性が良いもの同士が集まるのだから、不味《まず》かろうはずはない。

「ねえ、シメにホタテ丼《どん》食べない？」

　万里がカウンターから身を乗り出した。

「ホタテの貝柱を明太子《めんたいこ》和《あ》えにしてご飯に載せた。イカ明太がご飯に合うなら、ホタテ明太もいけると思って」

　一瞬、康平と山手、後藤の目が合った。その目は口ほどに「食べたい」と言っていた。

　売っているホタテのほとんどは国内の養殖品で、旬は冬と言われている。しかし貝柱は産卵の影響を受けない夏が一番厚みを増す。

はじめ食堂が仕入れた貝柱は解凍物なので、水揚げされたのは七月か八月ではあるまいか。大きくて肉厚の身を五ミリくらいにスライスして、袋から出した明太子と和え、ご飯に載せたら千切りにした大葉を散らす。お好みで出汁醤油を掛けても良い。

万里がネットで見付けた、どこかの料理コンテストでグランプリに輝いたレシピだ。それなら美味いに決まっている。試食したら充分に美味かったので、店にデビューさせた。

「乙な味だ」

「明太子を混ぜる一手間で、普通のホタテ丼とは全然別物になってる」

「見た目もきれいだ。緑とピンクで」

三人の客はそれぞれ賛辞を口にした。

帰り際、山手の顔はすっかり明るくなっていた。それを見て二三も一子もホッと胸を撫《な》で下ろしたのだが、決着までまだ時間が掛かることは想像が付いた。

事件が起こったのはその週の土曜の夜だった。

「倅のバカが、飲み過ぎて酔っ払いやがって」

魚政の現店主である政和は、仲の良い友達と銀座に繰り出し、帰りに地下鉄の階段を踏み外して足をくじいてしまったという。

「夜の夜中に救急車で運ばれたんだぜ、情けねえ」

日曜の午後、訪ねてきた山手に事情を打ち明けられて、二三も一子も言葉を失った。

「それで、政和さんの怪我《けが》の状態は？」

「骨に異常はないそうだ。朝、家に帰ってきた」

「それは良かったですね」

「不幸中の幸いだわ」

「ただ……」

山手は眉間にシワを寄せた。

「捻挫《ねんざ》がひどくて、歩くこともままならねえ。当分、仕入れは無理だな」

二三も一子も同情して眉をひそめた。

「それじゃ政さん、お店はどうするの？」

「決まってるだろう。俺以外に誰がやる？」

山手はドンと胸を叩き、ニヤッと笑った。

「なあに、これまで散々築地に通ってきた俺さ。豊洲に変ったところで何てこたあねえよ」

二三と一子は互いの顔を見て頷き合った。

「そうよね。おじさんは運転歴五十六年の大ベテランだもん」

「でも政さん、仲卸の場所とか分るの？」

「ま、道案内には倅を連れてくから、迷子になるなんてヘマはしねえさ」

山手はいきいきして、何歳か若返ったように見えた。

「ふみちゃん、いっちゃん、明日は市場が休みだから火曜に行って、良さそうな魚があったら仕入れてやるよ」

「本当？　ありがたいわ」

「よろしくお願いね」

「朝、電話する。それじゃ」

山手はスキップに近い足取りで、意気揚々と帰っていった。


火曜日の早朝、早速二三のスマホが鳴った。山手からだ。

「ふみちゃん、戻りガツオの良いのが入ってるぜ。値段も格安だ。要るかい？」

「お願いします！　ええと……」

「仕入れた分は、帰ったら俺がサクに切ってやるよ」

「ホント⁉　それじゃ二尾……、いいえ、三尾お願いします！」

通話を終えると二三は一子を振り向いた。

「お姑さん、おじさんが戻りガツオ仕入れてくれるって。帰ったらサクに切ってくれるって」

「あら、まあ、すごいわね。今日の日替わり、カツオのタタキにしようか？」

「そんな手間掛けないで、刺身で行こうよ。豊洲直送なんだから」

「そうだね。……考えてみれば、はじめ食堂で刺身定食を出すのって、初かも知れない」

「お客さん、絶対に喜ぶわよ。残ったらタタキにして、それでも残ったら煮たり焼いたりしよう。夜は兜焼《かぶとや》きも出来るわね」

思いがけない戻りガツオ入荷の知らせに、二人の心は浮き立った。二人とも長い間食堂を続けているのに、新しい食材やメニューに挑戦できるのが素直に嬉しい。その素直さを持ち続けられたことが、二三には一番の喜びだった。

豊洲から戻った山手は、仕入れた魚を魚政の冷蔵庫の前に置くと、カツオのトロ箱を台車に載せてはじめ食堂へやってきた。

「内臓は酒と醤油で煮ると美味いぜ。酒盗も作れる」

山手は厨房に入ると見事な手つきでカツオをおろし、サクに切り分けてくれた。五十数年積み重ねた包丁の冴えは、少しの衰えも見せていなかった。

「政さんのお陰で、はじめ食堂始まって以来初めて、刺身定食が出せるわ」

「おじさん、今夜呑みに来て下さいね。お礼にごちそうするから」

「ありがとうよ。明日が早いから長居は出来ねえが」

山手は当分の間、政和に代って仕入れに行くのだ。

スピーディーに仕事を終えた山手が帰っていくと、入れ替わりに万里が出勤してきた。

「なに、これ?」

色鮮やかな大量のカツオのサクを前に、目を丸くしている。

「魚政のおじさんが仕入れてくれたの。今日の日替わりのサーモンフライ、カツオの刺身定食に変更ね」

「分った」

万里は早速エプロンを着け、バンダナを頭に巻いた。

その日のランチで「カツオの刺身定食」が大人気だったことは言うまでもない。薬味はおろし生姜と小ネギ、お好みでワサビも出した。

「カツオって、五月が旬じゃないの?」

「あれは初もの人気。九月は戻りガツオだから、脂が乗っていて美味しいわよ」

二三の説明に若いOLたちは「ふうん」と半信半疑だったが、一口食べればその美味さはハートを直撃した。

「あらあ、カツオってちょっと血の臭《にお》いがするイメージあったけど、全然ね」

「なんか、清々《すがすが》しい香り」

「明日は血合いの煮付けを小鉢にするから、お楽しみに」

「へえ、何だか美味しそう」

魚離れした若い世代は「血合い」など食べたことがないが、はじめ食堂の常連になると、日頃の〝食育〟の成果でけっこう初めての料理にもチャレンジするようになる。

ステーキ、タタキ、ユッケ、竜田揚げ、漬丼《づけどん》……お客さんの応対に追われながらも、二三の頭の中ではカツオを使ったメニューが次々に現れては消えていった。


夕方、はじめ食堂に現れた山手は意気軒昂《いきけんこう》だった。

「新しくてキレイなビルの中にあるんで、最初はビックリしたが、仲卸連中も『大将、久しぶり！』ってなもんで、会えばたちまち昔の仲間よ。昔っつっても三年も経っちゃいねえが……」

カツオの刺身を肴に冷酒のグラスを傾け、身振り手振りを交えて豊洲でのあれこれを話す様子を見ていると、二三は「ブイブイ言わせる」という昔の流行語を思い出した。

「おじさん、引退するの早すぎたかもね」

康平が持ち上げると、山手はいよいよ得意げに鼻をうごめかせた。

「あたぼうよ。そもそも俺は引退なんぞした覚えはねえや。仕入れを息子に任せただけのこった」

「息子さんはいつ頃復帰できるんだい？」

ヒートアップしていた山手は、後藤の質問に幾分冷静さを取り戻した。

「まあ、来週かな。骨に異常はないんで、腫《は》れが引いて痛みが取れれば」

「じゃあ、それまでおじさん、頑張ってよ」

「怪我しないように、飲み過ぎて二日酔いにならないように」

「分ってるって。女房みたいなこと言うない」

山手は口ではそう返したが、チラリと店の時計を見ると「シメにしてくれ」と言った。まだ店に来てから一時間も経っていない。

「明日、早いからな。早寝しねえと」

「政さん、偉いわ。責任重大ですもんね」

「おじさん、鶏ガラスープの煮麵にしない？　胃にもたれないよ」

万里が言うと山手は「それくれ」といつもの調子で答えた。

しかし、シメの煮麵を食べ終ると、しんみりした顔になった。

「しかしなあ、わずかの間に昔馴染みが減ったよ。移転が決まってから、跡継ぎがいないで廃業した店がいくつも出たしな……」

いつもの滞在時間の半分で切り上げ、店を出て行く山手の後ろ姿は、入ってきたときよりも歳《とし》を取って見えた。


その週、山手は無事に息子の代理を務めた。しかし金曜日、思いがけない事件が起きた。

豊洲で仕入れ作業を終えて店に戻る途中、赤信号で停止する際にブレーキが遅れ、前の車に追突してしまったのだ。

怪我人もなく、損害も軽微だったので、すぐに損保会社に連絡して大事には至らなかったが、その噂《うわさ》はたちまちはじめ食堂の周辺に広まった。

「やっぱり歳取ったせいなのかしら？」

「政さん、ショック受けてなきゃ良いけどね」

一子の心配は的中し、火曜日も水曜日も、山手ははじめ食堂に現れなかった。魚政の店にも顔を出さず、家に引きこもっているという噂だった。

はじめ食堂の常連さんたちも山手のことを案じていたが、家に閉じこもっているのでは会うことも出来ず、ひたすらヤキモキするしかなかった。

そして金曜日の夕方、山手の息子の政和が店にやってきた。

「お父さん、如何ですか？」

一通りの挨拶を済ませ、おしぼりを出しながら二三は尋ねた。政和も父親と同じくカウンターに腰を下ろしていた。

「まあ、何とか。最初はひどく落ち込んでいたんですが、昨日辺りから気分も上向いてきたようです」

「それを伺って安心しました」

「あたしたちも心配してたんですけど、病気でもないのにお見舞いに行くのも大仰だし、勝手にあれこれ考えたりして」

「女将《おかみ》さんや皆さんには、本当に良くしていただいて、ありがたいと思ってます」

政和ははじめ食堂のメンバーと先客の康平、後藤に丁寧に頭を下げた。

「あのう、政和さんはお父さんの免許返納をお考えなんでしょうか?」

二三は恐る恐る尋ねた。少なくとも今回の事故で、政和の意思が強固になった可能性はある。

しかし、政和は穏やかな表情で首を振った。

「いえ、それは撤回しました」

一同は「えっ?」という顔になって政和を見た。

「先週一週間、親父の協力がなければ店を開けることは出来ませんでした。親父はまだまだ現役なんだと、私も実感しました。だから、これからも運転は続けてもらいたいと思います」

「あのう、事故を起こされたことは、どう?」

「仕方ないですよ。これまでほとんど無事故無違反だったんですから。それに今度のことで、これからは運転により慎重になるはずですから」

政和は神妙な顔になって一同を見回した。

「私は親父が気落ちして、老け込むことが一番心配なんです。元気で長生きして欲しいから、免許返納も考えました。それが却《かえ》って逆効果だと分って、今すぐというのは取りやめました。だから……」

そして、もう一度頭を下げた。

「皆さん、どうか今まで通り、親父と親しくしてやって下さい。親父は社交的で付き合いも広いですが、はじめ食堂の皆さんと一番気が合っているように思います。ここに通っているうちは、元気で楽しく過ごせるんだと思います」

二三と一子は心を打たれ、威儀を正して頭を下げた。

「とんでもありません。こちらこそよろしくお願い致します」

「政さんはお父さんの代からの、一番古い常連さんなんです。うちの財産ですよ」

政和は安堵《あんど》したように微笑んだ。

「ありがとうございます。帰って親父に伝えますよ。きっと大喜びするはずです」

そう言うと「家で夕飯なもので」と、ビールを一杯だけ飲んで早々に店を出て行った。

カウンターを片付けると、二三は一子と万里に向き合った。

「ねえ、これからもぶっかけ素麵を出そうね」

「急に、どしたの？」

「人間年齢じゃない。季節は暦じゃない。歳取っても魚政のおじさんは現役だし、秋になっても暑い日はぶっかけ素麺が美味い。そういうこと」

「その通り！」

声を上げたのは康平だ。

「俺、今日のシメはぶっかけ素麺で」

「じゃ、私もぶっかけ素麺で」

後藤もそれに続いた。

「毎度あり！」

二三は気合いを入れて右手を差し出した。その上に一子と万里も右手を重ねた。

「じゃあ、皆さん、元気良くご唱和下さい」

二三は思い切り「ぶっかけ素麺で行こう！」と叫んだ。

第三話

漬丼の誓い

十月に入ると、やっと過ごしやすくなった。七月の梅雨寒《つゆざむ》、八月の酷暑と台風に続いて九月も残暑と台風で、日本中ひどい目に遭ったが、どうやら一息吐《つ》けそうだった。

「折角《せっかく》良い気候になったけど、あんまり長続きしないんだよなあ。すぐ冬が来ちまうんだ」

生ビールのジョッキを片手に辰浪康平《たつなみこうへい》がぼやいた。今日のお通しはシンプルにカボチャの煮付けだった。

「この頃《ごろ》、秋が短くなったような気がするわ」

二三《ふみ》は数年前からの記憶をたぐり寄せた。

「そもそも日本の気候がおかしくなったのは、平成になってからよ。夏はいきなり亜熱帯になるし、スコールみたいな雨は降るし」

「そんなら、これからずっと続くんじゃないの。地球温暖化だし」

万里《ばんり》はフライパンを火に掛け、椎茸《しいたけ》の肉詰めを並べた。ひき肉と玉ネギのみじん切りに、パセリとバジルを混ぜて香りにアクセントを付けた。焼き上がりに粉チーズを振れば和の総菜はイタリア料理に変身だ。

十月は茸《きのこ》類も旬《しゅん》を迎える。今日は大きくて美味《おい》しそうな椎茸が市場にあったので、早速夜のメニューに加えることにした。これから冬にかけては茸料理のレパートリーも増やさなくてはならない。

「前の東京オリンピックは十月だったわ。開会式が十月十日で、それが体育の日の祝日になったのよ」

カウンターの隅に座っている一子《いちこ》が呟《つぶや》いた。その翌年に夫の孝蔵《こうぞう》と一緒にはじめ食堂をオープンしたので、鮮明に記憶に残っているのだ。

「私も覚えてる。幼稚園だったけど、ニチボー貝塚《かいづか》がソ連に勝ったときは母が感激して泣いちゃって」

「ああ、そうだったわ。ソ連のエースアタッカーはリスカルっていうポニーテールで……」

万里がカウンターの中から目で合図すると、康平は曖昧《あいまい》に笑みを浮かべた。二人にとって昭和の東京オリンピックは歴史上の出来事で、まるで実感がないのだ。万里はソ連という言葉さえよく知らない。

「それにしても、今度のオリンピックはどうして十月にやらないのかしら？　今の日本で真夏の最中にマラソンやらせるなんて、正気の沙汰《さた》じゃありませんよ」

「お金よ、お姑《かあ》さん。みんな利権が絡んでるのよ。サッカーもテニスも野球もバスケットも、人気のあるプロスポーツは世界的には夏は大きなイベントがないのよ。だから夏に開催して、人気スポーツを出したいわけ」

「まあ、ひどい。選手はたまったもんじゃないわねえ」

二三と一子がオリンピック話で盛り上がっている間に、椎茸の肉詰めが焼き上がった。

「はい、お待ちどおさま」

万里が料理の皿を康平の前に置いた。食べやすいように椎茸は二つに切ってある。

康平は火傷《やけど》しないよう慎重に、最初の一口を小さく囓《かじ》った。

「あふ……ふまい」

ビールを飲んで口の中の温度を下げてから、二口目を囓る。

椎茸の旨味《うまみ》に肉の旨味が絡みつく。パセリとバジルの爽《さわ》やかな香りは椎茸の香りと喧嘩《けんか》しない。そこにチーズも飛び入りして、最後は渾然《こんぜん》一体、鼻腔《びこう》に新たな世界が広がって行く。

「俺《おれ》はさ、茸の王様は松茸《まつたけ》じゃなくて椎茸だと思うんだよね」

一切れ目を食べ終えた康平が、きっぱりと断言した。

「だってさ、松茸がこの世からなくなっても、俺、寂しくないもん。どうせ一年に二、三回しか食べないし。でも、椎茸がなくなったら、食の楽しみは激減だよ。煮物、焼き物、炒《いた》め物、鍋《なべ》物、揚げ物、それに出汁《だし》。椎茸無しの生活は考えらんないよ」

「俺も、結構同感。料理するようになって初めて実感した。椎茸の偉大さっつうの？　日本料理には絶対必要だね」

万里の言葉には、二三も一子も大いに賛成だった。そもそもはじめ食堂では松茸料理など出したことはない……いや、出せない。

「匂《にお》い松茸味しめじって言うけど、あたしは匂いも味も椎茸が一番だと思うわ。松茸はたまに食べるからありがたみがあるんであって、毎日食べたら飽きるわよ、きっと」

「松茸って、出汁は出ないわよね。土瓶《どびん》蒸しのスープは、松茸じゃなくて別に出汁取ってるもん」

決して負け惜しみではなく、二三は言った。大東《だいとう》デパートの婦人衣料バイヤーとして活躍していた時代は、松茸フルコースを食べたこともあった……バブル真っ盛りの頃に。

蒸し器の湯気が盛んに上がっている。一子はタイマーの残り時間を見て、康平に尋ねた。

「そろそろカブラ蒸しが出来るけど、お酒、どうする？」

「そうだなあ……」

壁のメニューをチラリと眺めた。今日は名物鰯《いわし》のカレー揚げがある。これを注文しなくてははじめ食堂の常連とは言えない。

「開春《かいしゅん》、冷やで二合ね。ドライでスッキリしてるから、揚げ物に合うんだ」

康平の前にカブラ蒸しの器が出されたタイミングで、入り口の戸が開いた。

入ってきたのは山手政夫《やまてまさお》と後藤輝明《ごとうてるあき》の二人組だ。今日も日《ひ》の出湯《でゆ》帰りで、テカテカした顔をしている。

「いらっしゃい」

「おう」

二人は並んでカウンターに腰を下ろした。二三がおしぼりを出すと、山手はカウンターを覗《のぞ》き込んで言った。

「取り敢《あ》えず生二つ。今日のお勧めは何だ、万里?」

「椎茸の肉詰め、カブラ蒸し、鰯のカレー揚げ」

「じゃ、それくれ」

「それとおじさん、今日はとびきりの卵料理があるよ」

「何だ、どんな料理だ?」

「それは食べてのお楽しみだよ」

「もったいい付けるねえ。先に出してくれよ」

万里は笑顔で頷《うなず》き、チラリと康平を見た。

「康平さんも食べる?」

「ここでノーと言えるはずがないじゃない」

「毎度あり」

万里は後を二三に頼み、自慢の料理に取りかかった。

「へい、お待ち」

康平、山手、後藤の三人は目の前に出された皿に顔を近づけた。

「ウニ・オン・ザ・煮玉子。何年か前に『孤独のグルメ6』で観《み》た。絶対美味《うま》そうだと思って作ってみたら、美味くて死にそうだった」

茹《ゆ》で時間五分三十秒で半熟に仕上げた茹で卵を煮汁に漬け、半分に切って、切り口に生ウニを載せ、ほんの少しワサビを置く。五反田《ごたんだ》の名物居酒屋「食堂とだか」自慢の一品である。

「う……」

ウニを載せた煮玉子を頬張《ほおば》った三人は、揃《そろ》って言葉を失った。

ねっとりとした半熟卵の黄身は甘く濃厚で、タンパク質の旨味の精華と言って良い。そこに海の幸を凝縮して生クリームで固めたようなウニが加われば、その先はもう……二つの旨味が一つに合体し、口の中でとろけてゆく。類《たぐ》い希《まれ》な口福に溜息《ためいき》を漏らすしかない。

魚屋の大旦那《おおだんな》でありながら卵が一番好きな山手は、二個の煮玉子をペロリと平らげた。

万里は後藤と康平には一人一個で出した。かなり濃厚なので、他の料理が進まないと困る。

「ああ、頭にくるぜ！」

いきなり山手が吼《ほ》えた。

「おじさん、どうしたの？」

「うちの女房や嫁のことだ。卵はコレステロールが多いから、一日一個までとか言いやがって。今じゃ、コレステロールは食い物と関係ないってことになってんだろ？」

「あら、でも、おじさんは平気で一日三個くらい食べてるでしょ？」

二三が混ぜっ返すと、山手は顔をしかめて頷いた。

「当たりめえよ。テメエの稼ぎで何を喰《く》おうが、女房や嫁の知ったこっちゃねえ。しかしだ」

山手はジョッキに残っていた生ビールを飲み干した。

「どうぞ召し上がれって気持ち良く出されるのと、非難がましい目つきで見られながら喰うのと、気分は大違いよ。俺は『卵は一日一個まで』と言われ続けた四十年が口惜《くや》しい」

「政さんたら。今更そんなこと言ったってしょうがないでしょ。ちょっと前まで殺人事件だって十五年で時効だったんだから、水に流しなさいよ」

「今はもう、毎日好きなだけ食べられるんだから」

一子と二三は笑いをかみ殺しながら慰めた。

と、後藤が思い出したように宙を見上げて呟いた。

「そう言えば、この前どこかの雑誌に『卵は食べない方が長生きする』って記事が……」

二三と一子はもちろん、万里も康平もあわてて後藤を睨《にら》み、人差し指を唇に押し当てて「シーッ！」のポーズを取った。

山手はといえば、口を半開きにしてまじまじと後藤の顔を見つめている。

「まあ、栄養学も年々変るからね」

万里が言えば、二三も真面目《まじめ》くさった顔で続けた。

「そうよ。ダイエットだって和田《わだ》式に始まって『ミコのカロリーＢｏｏｋ』、月見草オイルダイエット、リンゴダイエットに茹で卵……そうそう、確かデンマーク式何とかダイエットよ。私、一週間で挫折《ざせつ》したわ。しばらくは茹で卵は見るのもいやだった。その少し前の鈴木《すずき》その子《こ》は油抜きで、今は糖質制限でしょ。流行と同じで次々変るのよ」

「俺のオヤジは子供の頃、味《あじ》の素《もと》を食べると頭が良くなるって言われたって……」

康平が言い終らぬうちに、山手は突然顔を伏《ふ》せ、カウンターに両手を突いて小刻みに肩を震わせた。

一同息を呑《の》んで見守る中、山手の口から押し殺したうなり声のような音が漏れ、次の瞬間、大きく弾《はじ》けた。

「ぶははははッ！」

啞然《あぜん》とする一同の顔を見回し、山手はやっとの事で笑いを収めた。

「いや、すまん、すまん」

「ああ、ビックリした」

康平がみんなの気持ちを代弁した。

「ご一同さん、気を遣ってくれてありがとうさん。だがな、俺はもう七十四だぜ。これから長生きって言われても、ピンとこねえや」

そして、一子を振り向いてニヤリと笑った。

「卵を食べ続けても、この年まで大病せずにやってこれたんだ。これからも俺は卵と生きるぜ」

そしてカウンターを見上げた。

「万里、よろしく頼むぜ。俺の寿命はお前次第だ」

「任してよ、おじさん。うんと美味いもの作るからさ」

面映《おもは》ゆそうに瞬《まばた》きしたが、万里は嬉《うれ》しそうに答えた。


十月七日月曜日、週の初めのはじめ食堂はカレーの日だった。

ランチにやって来たお客さんたちは、店内に漂うカレーの香りに鼻をひくつかせ、早くも食欲を刺激された。

「今日は牛スジカレーか。こってり系ね？」

ワカイのOLが定食メニューをチェックしながら訊《き》いた。

「クリーミーですよ。生クリームとバターたっぷりです」

OL四人組の顔を、期待と不安が同時によぎった。美味しさを期待しつつもカロリーオーバーで太るのは怖い……。「食べたい、でも痩《や》せたい」は女性に課せられた永遠の十字架だ。

「私、カレー」

「私、焼き魚定食」

四人組はカレー二人と煮魚、焼き魚の各定食に分かれた。

今日の煮魚はカラスガレイ、焼き魚は秋刀魚《さんま》、ワンコインは茸そば。小鉢はニラ玉豆腐、白菜のお浸《ひた》しの二品。味噌汁《みそしる》の実はナメコと里芋。漬物はカブの糠漬《ぬかづ》け。カブの葉もたっぷり漬けて、白と緑の彩りである。これにサラダが付いて、ご飯と味噌汁はお代わり自由。七百円は高いか、安いか？

ちなみに、十月からカレーの日は敢えてもう一品の日替わり定食はやめにした。カレー人気が高く、もう一品が余ることが多いからだ。言い換えると、それだけカレーは人気を博していた。

「はい、お待ちどおさま」

二三は出来上がった定食を席に運ぶ。気を利かせて、OL達の盆には小皿とスプーンも載せてある。仲良し四人組で「ちょっと味見させて」が始まるのは毎度のことだ。

「ああ、何、これ！」

カレーを口にしたＯＬが声を上げた。

「お、美味しい……とろける」

「コクが……深みが……」

食レポになっていない言葉の切れ端が、今日のカレーの美味さの質を言い当てていた。

圧力釜で軟らかく煮た牛スジは、極力脂を落としている。ルウの基本は業務用のＳ＆Ｂディナーカレーだが、そこにリンゴとバナナをミキサーでペースト状にして加え、煮込んだ。しかもバナナは買ってから二週間も放置して、皮が真っ黒になるまで完熟させた。仕上げに生クリームとバターをたっぷり。

実は、二週間かけて完熟させたバナナを入れるレシピは、ＮＨＫ「サラメシ」で観た、フレンチの鉄人坂井《さかい》シェフの店の賄《まかな》いメニューなのだ。好評回の再放送だったが、万里はひと目見て、美味しいに違いないと思っていた。事実、賄いを食べた人たちは絶賛していた。

「というわけで誕生した、牛スジカレーです」

万里はそう言って、小皿にご飯とカレーを控えめに盛り、テーブルに持っていった。

期待を込めてカレーを待つのは三原茂之《みはらしげゆき》と野田梓《のだあずさ》だ。すでに時刻は一時半に近く、他のお客さんはみんな引き上げた。長年のご常連の二人に自慢の一品をサービスするのは、はじめ食堂の恒例だ。

ちなみに三原も梓も、今日は秋刀魚の塩焼き定食を注文していたが、まず最初に牛スジカレーを口に運んだ。そして二人とも、うっとりと目を細めた。

「牛スジって、本当に美味しいわね。私、正肉《しょうにく》より好きかも知れない」

「やっぱり下処理がきちんと出来てるからですよ。軟らかく煮込んで余分な脂を取らないと、この味は出ない」

三原の言葉に、万里は得意そうに胸を反らす。的を射た評価に「さすが、元帝都《ていと》ホテル社長！」と心の中で快哉《かいさい》を叫んだ。

「牛スジ麻婆《マーボ》も美味しかったけど、カレーも良いわね。両方出てきたら、迷っちゃう」

「ご心配なく。両方は出さないから」

二三は笑顔でほうじ茶を注《つ》ぎ足した。

「そう言えば、万里君、調理師の試験は今月じゃなかった？」

三原がふと思い出したように尋ねた。

「今週の土曜日です」

三原も梓も驚いた顔になった。漠然と、もう少し日にちがあると思っていたらしい。

「そりゃ大変だ」

「どう、自信ある？」

「まあ、参考書と問題集やったんで、何とかなるんじゃないかと」

「ダメだったら、神奈川で二回目受ければ良いから」

二三が続きを引き取った。

「ふみちゃんの時はどうだった？」

「私は余裕。もうここで働いてたから、期限が決められてるわけじゃないし、ダメなら何度でも受ければ良いと思ってたから」

万里の手前そう言ったが、実は試験会場に足を踏み入れた途端、二十代の若者が半分以上を占める光景に、猛然と闘志が湧《わ》いてきたのだ。これは絶対に負けられない、おばちゃんパワーを見せてやる、と。

「ハッキリ言って勉強は一夜漬だったから、ほとんど全部忘れてるのに、磐鹿《いわか》六鴈《むつかり》命《のみこと》って名前だけは十年以上経《た》っても覚えてる」

「何、それ？」

「はい、万里君、答えて」

万里は「え〜と」と、バンダナの上から頭を掻《か》いた。

「確か、日本最古の料理人じゃなかったっけ？」

「正解！」

二三はパチパチと手を叩《たた》いた。

「今は料理の神様にも祀《まつ》られてるから、万里君も御利益があると良いね」


その日の夜営業は、開店当初からにぎやかだった。

康平と連れ立って、メイ・モニカ・ジョリーンのニューハーフ三人組が来店したのだ。

「俺、生ビール。お嬢さん達にはお好きな飲み物を！」

康平は太っ腹に言って、いつものカウンターではなく、メイたちと同じ四人掛けのテーブルに座った。

「私、酢橘《すだち》のスムージーサワー」

「あたしも」

「あたしはリンゴのスムージーサワーね」

スムージーサワーはフローズンサワーの進化形で、冷凍した果物をミキサーで砕き、サワーに入れた飲み物だ。果物をミキシングするヒントをくれたのは万里のGF《ガールフレンド》（？）桃田《ももた》はなだが、ミキシングしてから冷やすより、冷凍した果物をミキシングした方が早いと気が付いたのは万里だ。

「かんぱ～い！」

カチンとグラスを合せると、三人のニューハーフは「ごちになりま～す！」と続け、康平に一礼した。最初の一杯は康平の奢《おご》り、後は別勘定というのが、いつの間にか出来上がったルールだ。

二三がお通しを運んでいくと、ニューハーフ三人は額を集めてメニューの相談を始めた。

「これ、フグの煮凝《にこご》り？」

康平がお通しに箸《はし》を伸ばして尋ねた。

「鶏皮《とりかわ》。ゼリー寄せじゃなくて煮凝りね。ちょっと和テイストで良いでしょ？」

「うん。粋《いき》な味だ。生姜《しょうが》が利いてる」

「あら、ホント。日本酒が欲しくなる味だわ」

ジョリーンが煮凝りを口に入れて頷いた。

「ちょっとごめん」

メイが席を立ち、カウンターに歩いて行った。

「万里君、調理師試験、今週だっけ？」

「うん。土曜日」

万里は両手を腰に当ててニヤリと笑った。

「なんたって、試験会場が東大駒場《とうだいこまば》キャンパス。俺が東大に入るなんて、笑っちゃうよ」

メイはバッグを開けて白い紙袋を取り出した。赤で梅鉢という社紋と「湯島《ゆしま》天神」の文ではない。

字が印刷されている。

「今日、行ってきたの。はい、お守り」

白地に金文字で学業守と刺繍《ししゅう》されたお守りは、受験生の必須アイテムと言っても過言で

「サンクス、青木《あおき》。大学受験以来のご対面」

「ま、ほんの気休めだけど」

「気は心って、おばちゃんの口癖。ウニ載せ煮玉子、サービスしてやるよ」

「ありがとう。何だかエビで鯛《たい》……お守りでウニか」

メイは笑顔を見せて席に戻った。

「おばちゃん、注文お願いします」

モニカが手を挙げて二三を呼んだ。

「ええと、ポテサラとルッコラのサラダ、シラスの卵とじ、椎茸の肉詰め、カブラ蒸し……」

「ねえ、秋刀魚の塩焼きも頼みましょ。今が旬だから」

ジョリーンがモニカとメイを見て言う。

「賛成。あと、これ。椎茸と厚揚げと豚肉の中華炒め」

「皆さん、今日のお勧めは万里君渾身《こんしん》の牛スジカレーよ。シメに如何《いかが》？」

三人は歓声を上げた。

「もちろん！」

「絶対に外せないわ！」

一通り注文が終ると、康平は残り少なくなったジョッキを持ってカウンター席に移った。

もうそろそろ山手と後藤の二人組が来る頃だ。

「おばちゃん、俺もシメは牛スジカレーで」

康平はカウンターの隅に座る一子に声をかけた。

「あとはマスカルポーネ酒盗、イクラおろし、秋刀魚の塩焼きで」

「日本酒はどうする？」

「そうだなあ……。オーソドックスに磯自慢《いそじまん》かな。二合ね」

「はい、畏《かしこ》まりました」

一子は椅子《いす》を降り、酒用の冷蔵庫から磯自慢の瓶を取り出した。万里が来てからは器にも凝るようになり、冷酒はガラスのデカンタとグラスで出している。

マスカルポーネ酒盗は、文字通りマスカルポーネチーズの上に酒盗を載せ、煎《い》りゴマを振りかけただけの料理だが、食べるとその相性の良さに驚かされる。

クリームチーズにチャンジャを載せたつまみは以前から居酒屋の定番だったが、それをマスカルポーネチーズと酒盗に変えた居酒屋があり、全国区に広がった。マスカルポーネチーズはティラミスに使われるチーズで、クリームチーズと比べて口溶けが良く、塩味も酸味も少なくて、ホイップしたクリームに似た味わいだ。それで酒盗の塩味が緩和され、クリーミーで旨味たっぷりの肴《さかな》となる。

「まずいよなあ。酒が止まんない……」

康平が磯自慢のグラスを傾けているところへ、山手と後藤が現れた。

「あら、こんばんは。お久しぶりです」

「これはこれは、きれいどころのお迎えとはありがたいねえ」

三人のニューハーフの挨拶《あいさつ》に、山手もおどけて応《こた》えた。

「生ビール二つ。料理はお任せで。万里、この前の煮玉子、あったらくれ」

「へい、毎度」

二三がおしぼりとお通しを出し、一子は生ビールをジョッキに注いだ。

「おじさん、後藤さん、ルッコラのサラダと青梗菜《チンゲンサイ》の炒め物、どっちが良いですか？」

「ルッコラって、葉っぱでしょ？　私は炒め物の方が」

「俺もだ。ウサギのエサみたいなもんはどうも」

後藤と山手の言い草に、ニューハーフ三人は笑いをかみ殺した。彼女たちはルッコラのサラダをもりもり食べている最中だ。

「シメなんですけど、万里君自慢の牛スジカレーか、おじさんの秋刀魚の塩焼き定食か、どっちにします？」

実は今日の秋刀魚は魚政《うおまさ》で仕入れた。

「私は秋刀魚で。夜カレーを食べると、どうも胃にもたれて」

「俺も。うちの秋刀魚は外せねえよ」

これでお任せメニューのアウトラインは決まり、二三はカウンターに引き返した。

万里はフライパンを振るって炒め物の真っ最中だ。文字通り椎茸と厚揚げ、豚コマ、ニラをゴマ油で炒め、醬油《しょうゆ》と酒と中華スープで味を付けた料理だが、ゴマ油と醬油の黄金コンビは、ご飯のおかずにも酒の肴にも万能の調味料なのだ。店の中にはゴマ油と醬油の香ばしい匂いが漂っている。

「もう、この匂いだけでご飯いけるわ」

「あたし、お酒もいける」

二三が出来上がった料理を運んでいくと、三人はスムージーサワーのお代わりを頼んだ。

そこへ新しくお客が入ってきた。桃田はなだ。

「こんばんは」

「あら、はなちゃん、こんばんは」

はなはニューハーフ三人ともすでに顔馴染《かおなじ》みだ。にぎやかに挨拶を交してから、カウンターに近づいた。

「取り敢えず、リンゴのスムージーサワー下さい」

席には着かず、カウンターの中を覗き込んだ。

「万里、ちょっと」

フライパンを洗い終えた万里が歩み寄った。

「何だよ？」

「今週の土曜日、調理師の試験だよね？」

はなはいきなり白い上袋を差し出した。赤で梅の花のマークと湯島天神の文字。

「えっ？　もしかして学業守？」

「うん。日曜に湯島天神行って買ってきた」

「サンクス、はな。ウニ載せ煮玉子奢るからな」

「頑張ってね」

はなはにっと笑うとカウンターの席に座った。

万里が後ろを振り向いて二三と一子と顔を見合せたことなど、知る由もなかった。


その夜、出版社勤務の要《かなめ》は、例によって閉店直後に帰宅した。

「ただいま〜。ああ、腹減った。今日のメニュー何？」

「鶏皮の煮凝り、椎茸の肉詰め、ルッコラのサラダ、秋刀魚の塩焼き、椎茸と厚揚げと豚肉の中華炒め」

万里が答えている間に、カウンターに入って料理をチェックし始めた。

「ほらあ、カレーがあるじゃない」

「これはダメ。俺が家にお持ち帰りするの」

「別に全部よこせとは言ってないでしょ。味見、味見」

要は洗い籠《かご》に伏せてあった小丼《こどんぶり》を取り、カレーをお玉に一杯取って入れた。

「それ、心して食べなさいよ。万里君の渾身の作品だからね」

「は〜い」

要はカウンターを出ると、椅子に置いた大型のショルダーバッグの中をかき回した。

「何やってんの？」

炒め物の皿を手に、万里がカウンターから出てきた。

「忘れてた。あんた、もうすぐ調理師の試験だったよね？」

要は白い袋を差し出した。赤い梅と湯島天神の文字。

「今日、湯島天神に取材で行ったから」

万里と二三、一子は一瞬目を丸くし、次の瞬間に笑い出した。

「な、何よ？　どうしたの？」

要はわけが分らず、不審げに三人を見返した。

「いや〜、俺、今日はモテ期を確信したね」

万里は自分のリュックを引っ張りだし、二つの同じ袋をテーブルに置いた。

「あちゃ〜。オー、マイガー！」

要は両手で頭を抱えた。

「要、サンクス。好きなだけ喰ってくれ」

一子は要の背中を優しく撫《な》でた。

「万里君は頑張ってるから、みんなが心配してくれるのよ」

「そうだね。ホントに頑張ってるよね」

要は夜食のテーブルについた。

いつものようににぎやかに賄いが始まり、炒め物をつまんだ要は、万里の方を向いた。

「ねえ、今度家常《ジャージャン》豆腐もやってみれば？　肉なしのレシピで作れば、ダイエット中のOLさんが喜ぶんじゃない？」

「うん。そうだな」

答えながら万里は胃の辺りを手で押さえた。気が付けばあまり食が進んでいない。

「万里君、どうしたの？」

「いや、なんか急に緊張してきて」

万里は情けなさそうな顔で二三を見返した。

「こんな期待されたら、俺、絶対に合格しないとヤバいよね？」

「ノープロブレム！」

二三は力強く声を張った。

「人生は長い。試験は何度でも受けられる。心配ない、心配ない」

「そうだよ、万里。余裕かましな」

「万里君が腕の良い料理人なのは、みんな知ってるわ。調理師免許は化粧塩みたいなもんよ。深刻に考えないで、気楽にね」

一子の〝化粧塩〟という表現に、万里はいくらかホッとしたようだ。しょぼくれていた顔に力が戻ってきた。

「サンクス、おばちゃん。俺、とにかく頑張るわ」


十月十二日の土曜日、はじめ食堂は臨時休業した。調理師試験は午後三時半に終るのだが、万里の心身の疲労を考慮して、休業する旨を九月の終りから店に貼紙《はりがみ》をして知らせていた。

試験は午後一時半から、東大駒場キャンパスで行われる。京王井《けいおうい》の頭《かしら》線駒場東大前駅下車徒歩一分の場所だ。

月島《つきしま》から一時間あれば余裕で到着できる距離だが、万里は十二時に家を出た。「こういう大事な日に限って、電車が止まったり急病人が出たり事件が起こったりするものなのよ。だから充分余裕を持って家を出ないと」と、二三に口酸っぱく言われたからである。もしトラブルに巻き込まれて遅刻でもしようものなら、合せる顔がない。

有楽町《ゆうらくちょう》線で銀座《ぎんざ》一丁目に出て、銀座線に乗り換えて渋谷《しぶや》へと、オーソドックスなコースを選択した。お昼の銀座線はほぼ満席で、立っている乗客が数人いた。万里は吊革《つりかわ》につかまって、最後の粘りと参考書に目を通した。

赤坂見附《あかさかみつけ》駅で停車したときだった。

「馬鹿野郎！　優先席だぞ！　席を譲れ！　図々《ずうずう》しい！」

雷のような怒号が車内に響き渡った。一瞬にして、車内の空気が凍り付いた。

万里が参考書から目を上げると、斜め向かいの優先席の前で、杖《つえ》を突いた七十くらいの男性が目を吊《つ》り上《あ》げている。前の席には二十歳《はたち》くらいの若者が、イヤホンを付けたスマホを眺めていた。老人が乗り込んできて自分の前に立ったことに気付かずにいたのだろう。

何事かとぼんやり目を上げた。

その直後、老人が杖で若者のスニーカーをビシッと叩いた。若者は弾《はじ》かれたように立ち上がった。

「まったく、最近のバカどもは……」

老人は吐き捨てるように言って、その席に腰を下ろした。

次の瞬間、若者が思いきり老人の杖を蹴飛《けと》ばした。そして周囲の人たちが唖然としている間に、閉まり掛けたドアの隙間《すきま》からホームに飛び降りた。

杖の転がるカラカラという音が車内に響いた。

「あの野郎！　暴力振るいやがって！　警察に突きだしてやる！」

老人は座ったまま喚《わめ》いた。隣の席に座っていた同年代の女性客二人連れが眉《まゆ》をひそめ、そっと顔を見合せた。明らかに、この粗暴な老人に怯《おび》えている様子だ。二人はそそくさと席を立ち、連結扉を開けて隣の車両に移っていった。

万里は目の前に転がってきた杖を拾い、老人の前に行ってそっと差し出した。老人はひったくるように杖をもぎ取り、尚《なお》も興奮冷めやらぬ口調で毒づいた。

「まったく、近頃の連中は、頭がどうかしてる！」

老人性のシミの浮き出た額に血管が盛り上がり、脈打っていた。のたうつミミズを連想して、万里は思わず目を逸《そ》らし、老人の前を離れた。

「あなただって礼儀知らずですよ。席を譲ってもらいたかったら、普通に頼めばいいでしょう。どうしていきなり怒鳴りつけるんですか？　大体、杖を拾ってもらったのにお礼も言えないって、おかしくないですか？」

などという言葉が頭をよぎったが、口には出さなかった。この年になっても、こんなに乱暴で愚かしい言動をする人間は、きっと子供の頃から愚かで乱暴だったに違いない。そして、このまま死んでゆくのだろう。哀れとは思うが、関《かか》わり合いになりたくない。きっと、身近な人々も同じ思いを抱いていることだろう。

万里は優先席を見た。三人掛けの優先席は老人一人だけが取り残されたように座っていて、渋谷で下車するまで、誰《だれ》一人隣に座る者は現れなかった。

早めに家を出たつもりだったが、万里が駅で下車すると、試験会場の東大駒場キャンパスに向って人の流れが出来ていた。皆、調理師試験の受験者達だ。

万里は受験票を確かめて指定の教室に入り、席に着いた。

十五分ほどしてから、誰かが隣の席に座った。何気なく横を見て、万里はハッとした。あの、銀座線の車内で老人に怒鳴り散らされた若者だった。髪型と服装に見覚えがある。身長百七十二、三センチで痩せ型。色白の細面で大人しそうな、いかにも今時の草食系男子だ。

万里はこの若者に好奇心をそそられたが、すぐに気を取り直して受験モードに入り、これから始まる試験に精神を集中した。

試験が終り、受験生達は教室を後にした。

会場となった校舎の外で、万里は若者に追いついた。

「ねえ、君、ちょっと」

若者は足を止めて振り返り、怪訝《けげん》そうな顔で万里を見た。

「なに？」

「赤坂見附。あんなコトしちゃダメだよ。確かに悪いのはあのジイさんだ。正直、俺もムカついたよ。だけど、ああやって反撃したら、君も同類になっちゃうよ」

若者の顔には明らかに動揺が走ったが、態度は反抗的だった。

「あんたに関係ないだろ」

「うん。だからあのジイさんには何も言わなかった。どうせ、もう先はないし。でも、君の人生はこれからだ。つまらないことでケチを付けるのは損だよ」

若者はプイと横を向き、歩き出そうとした。

「プロの料理人になったら、イヤな奴《やつ》だってお客さんだ。いちいち腹立ててたら仕事になんないよ。可哀想《かわいそう》だと思ってやんなよ。イヤな奴って、結局みんなに嫌われてんだから」

若者がチラリと後ろを振り返った。

「俺、赤目《あかめ》万里。佃《つくだ》のはじめ食堂で働いてる。ランチもやってるから、一度食べにきなよ。美味いぞ」

若者はバカにしたように肩をすくめ、さっさと歩き出した。

しかし、万里は自分の気持ちの何パーセントかは、あの若者に通じたと思った。同じ日に調理師試験を受けたのも何かの縁だろう。同じ料理人の道を歩むあの若者に、スタートの段階で躓《つまず》いて欲しくない。刃物や熱湯のある職場で、感情を制御できない人間は使い物にならない。そのことを知って欲しかった。

この日の夕方、二三と一子と要は、ある和食店で万里を待っていた。月島と勝《かち》どきの中間くらい、清澄《きよすみ》通りから一本路地を入った場所にある、口コミで評判の人気店だ。これから三人で万里の慰労会を催す予定なのだ。

実はこの店は万里のリクエストで、テレビ番組で観て一度行ってみたかったという。

二三は前の週に午後五時で予約した。開店直後だと客も少なく、メニューの売り切れもない。

白いのれんの掛かったこぢんまりとした店の中は、白木のカウンターとテーブルがまだ新しい。開店して二、三年しか経っていないようだ。全十八席の店だが、厨房《ちゅうぼう》には白衣の料理人が二人いた。

店には四人掛けの小上がりもあったが、掘りごたつ式でないと足が痛くなる可能性がある。一子のことも考えて、予め《あらかじ》「テーブル席でお願いします」と頼んでおいた。

「あ、どうも。遅くなって」

五分ほどで万里も到着した。

店の売りは鮮魚らしく、刺身のメニューには「神経締め」の文字がある。中骨にワイヤーを通して仮死状態にし、輸送中に暴れて身を傷つけるのを避ける方法だという。

「万里君は魚ダメだけど、どうする？」

「それ以外、全部」

　厨房の包丁入れに並んだ和包丁の数を見て、万里がこっそり囁《ささや》いた。

「ここ、名前は食堂だけど、完全に割烹《かっぽう》だよね」

　鮮魚以外のメニューも豊富だった。マカロニサラダやおから、切干し大根、牛モツ煮込みなど一般的な居酒屋料理の他、手作り焼売《シューマイ》、鴨《かも》豆腐、富有柿《ふゆうがき》白和《しらあ》え、燻《いぶ》りがっこのクリームコロッケなど、店の自慢料理が美味しそうだ。

「バフンウニの醤油漬けと、車エビの昆布締《こぶじ》め、秋刀魚の青唐辛子《あおとうがらし》醤油漬け。これは絶対に頼もう」

　そして日本酒と焼酎《しょうちゅう》の品揃えも良い。自家製果実酒もある。

　四人はまず自家製果実酒のソーダ割りで乾杯した。

「で、どうだった、試験？」

　二三たちは思わず万里の方に身を乗り出した。

「う～ん。俺の感触では八割はいけたと思う」

「おめでとう！　合格ラインは六割だから、絶対セーフよ」

「喜ぶのは早いって。あくまで俺の感触だから」

「それ、大事よ。私だって自分で出来たの、分ったもん」

「お守り三つも持ってってたんでしょ？　どれか一個くらいは御利益発揮したわよ」

万里は呆《あき》れ返って要を見返したが、敢えて反論せずに果実酒のソーダ割りのグラスを干した。

「え〜と、次は日本酒だな」

万里と要が酒のメニューを広げているそばで、二三は一子に耳打ちした。

「お姑さん、鴨豆腐と柿の白和えはうちでもやろうよ」

「そうね。燻りがっこのクリームコロッケも珍しいとは思うけど、うちのお客さん向けじゃないような気がするわ」

「ここの出汁茶漬けって、梅と海苔《のり》なのね。やっぱりお酒の後で食べる用に、さっぱり目にしてるのかしら」

「それより、ワサビご飯が美味しそう。これはうちでも出せるんじゃない？」

話が進むうちに、料理と酒の消費量も増え、すっかり気持ちのほぐれた万里は、行きがけの銀座線での出来事を話した。

「偉いよ、万里」

要が素直に賞賛を口にした。

「大人の対応だと思う。ジイさんをやり込めるのも、その男の子をほったらかすのも、どっちも後味悪いもんね。それが最善でなくとも次善ではあったよ」

「正直、今の世の中、若い子に何か言うのは怖いとこもあるのよね。逆ギレされたらって思うと。万里君は勇気あるよ」

二三に続いて、一子もしみじみと言った。

「勇気の出し方は人それぞれだけど、根っ子にあるのは相手を思う優しさだと思うわ。万里君はとても万里君らしいやり方で、勇気と優しさを示したのよ」

「なんか、俺、照れるな」

「やっぱりモテ期なんだよ、万里」

そこへ、ウニの醬油漬けと秋刀魚の青唐辛子醬油漬けが運ばれてきた。

「う、美味い。永久運動になりそう」

ウニの醬油漬けを肴に冷酒を口に含んだ万里が、感極まった声で言った。それから、じっと秋刀魚の青唐辛子醬油漬けを見下ろした。

「どしたの、万里？　味見する？」

要が秋刀魚を箸でつまんで万里の鼻先へ持っていくと、万里はあわてて首を振った。

「それより、秋刀魚の漬け、どう？」

「美味しいよ。刺身に醬油付けるのとは、またひと味違うんだよね」

万里は腕を組んでウニと秋刀魚を見比べた。

「漬丼《づけどん》、やろうか」

二三と一子は「えっ？」と訊《き》き返した。

「漬丼。ワサビ醤油や唐辛子醤油に漬けると、化学反応が起きるんだよ、きっと。このウニも普通に醤油付けて食べるウニとちょっと違うし」

「うちは海鮮が売りの店じゃないけど、政さんの所から仕入れることは出来るわ。今の季節なら戻りガツオかしら」

「お姑さん、漬けにするなら、冷凍の安いマグロで良いんじゃない？　タレに漬ければ充分美味しくなるわ」

「先月、カツオの刺身定食出したら、お客さん大喜びだったわね」

「おばちゃん、漬丼、ワンコインで出そうよ」

「良いわね！」

二三が右手をテーブルの上に突き出すと、一子と万里が次々に手を重ねた。

「もう、皆さん気が合うよね〜。食べ物の絆《きずな》かな」

要が呆れた声を出したが、内心は少し羨《うらや》ましくもあった。

「万里、試験どうだった？」

店に入ってくるなり、挨拶もそこそこにはなは尋ねた。

火曜の夜営業が始まって二時間ほど、店は大賑《おおにぎ》わいで、テーブルは全《すべ》て満席、カウンターの康平と山手と後藤は引き上げようとしていた。

「おう。ばっちりだぜ。はなのお守りの御利益だ」

万里はカウンターから顔を覗かせて答えた。

「ああ、良かった。で、発表はいつ？」

「十一月二十九日。合格者のみ通知が来るって。結果はホームページでも見られるけど」

康平が椅子から降り、はなを手招きした。

「ここ、空くから座んな」

「ありがとう」

二三は手早くカウンターを片付けながら訊いた。

「飲み物は何にする？」

「ええと……柚子《ゆず》のスムージーサワーね」

はなは壁のメニューを見上げた。

「はな、今日のシメに、マグロの漬丼あるよ」

「へえ。珍しいね」

「明日のランチの予告編」

「万里、色々考えるよね。じゃあ、それも」

はなは何故《なぜ》か浮かない顔で溜息を吐いた。

「何だ、はなちゃん。元気ないな」

会計を終えた康平が、財布をしまいながらはなを振り向いた。

「ちょっと行き詰まっててさ」

「そりゃ人生、順風満帆じゃいかないって。はなちゃんなんかまだ始まったばっかりだろ」

「康平さん、初めが肝心なんだよ」

康平も山手も後藤も、苦笑するしかない。

「柿の白和えと自家製飛竜頭《ひりょうず》食べない？　元気でるわよ」

二三ははなの前にお通しとおしぼり、スムージーサワーのグラスを置いた。

「飛竜頭って？」

「お豆腐をマッシュしてヒジキとか銀杏《ぎんなん》とか混ぜて揚げたの。早い話ががんもどき。お出汁につけて食べるのがお勧め」

「美味しそうだね。じゃ、それちょうだい」

はなは康平を振り向き、グラスを挙げた。

「実はさ、プライベート・ブランド立ち上げる計画、挫折しちゃったんだ」

さすがに声に力がない。

「そりゃ災難だったな……なんて軽く言ってほしくないだろうけど」

「いや、私の力不足だったんだよ。私と同じようなアイデア持ってる人がいてね、先にブランド立ち上げたんだ。メーカーさんとも契約して。ま、こっちが動くのが遅かったんだからしょうがないけど、やっぱ、口惜しくってね」

康平は黙って頷いた。はなが失意のどん底にいることは分っても、ファッションのことなどまるで知らないので、頷いてやることしか出来ない。

「ま、元気出せや」

すると、山手が力強く言った。

「はなちゃんは若くて才能がある。まだまだこれからさ。今日は景気付けにおじさんが奢ってやる」

「ありがとう。でも、良いよ。何度も奢ってもらってるんだから、これ以上は申し訳ないよ」

「てやんでえ。失意のヤングレディに飯の一杯も奢れないんじゃ、魚政の名が廃《すた》らあ」

「いよっ、魚政、日本一！」

カウンターの中から万里と二三が声援を送った。

「じゃあな、また」

康平に続いて、山手も後藤と連れ立って店を出た。

それから三十分ほどで、お客さんは次々席を立ち、テーブル席も空きが目立ってきた。と、タイミングを推し量ったように、メイ・モニカ・ジョリーンの三人組が現れた。

「いらっしゃい。どうぞ空いているお席に」

二三がカウンターから声をかけると、三人は隅のテーブル席に腰を下ろした。

「珍しいわね、火曜なのに」

「代休。昨日出勤したから」

「ここへ来る前、知合いの店の新装オープンに顔出してきたの」

「お酒は生ビールね。酔い覚ましに」

おしぼりで手を拭《ふ》きながら、三人は次々に言う。

「軽いおつまみならシラスの卵とじ、飛竜頭なんかお勧め。シメは、万里君特製のマグロの漬丼なんか如何？　量は加減しますよ」

「じゃ、それでお願いします」

二三がカウンターに戻ると、三人ははなに手を振った。

「はなちゃん、元気？」

「それが全然。失意のどん底よ」

「あら、まあ」

「ねえ、そっち行って良い？」

「良いわよ、どうぞ、どうぞ」

　はなはグラスと皿を持って立ち上がった。

「そのままで良いわよ。残りのお皿は運んで上げるから」

　二三はカウンター越しに声をかけた。

　はなは三人のテーブルに移動すると、リュックからクリアファイルを取り出し、中に挟んだ新聞記事の切り抜きを三人に見せた。

「なになに『伊勢《いせ》型紙で装いUP』?」

「港区《みなと》でブランド立ち上げ?」

「その人、自分が背が高くて既成のファッションに不満があったんで、背の高い人に特化した洋服を作って、ネット販売始めたんだって。今年の四月にブランド立ち上げたんだけど、それに使ったのが伊勢型紙で染めた生地」

　伊勢型紙は三重《みえ》県鈴鹿《すずか》市の伝統工芸で、着物を染める道具として発達したが、近年は着物の需要減から職人も激減している。

「その人、オコシ型紙商店に行って、何百枚もの型紙の中から自分のメガネにかなった物を買って、それを使って何パターンかの色使いで生地を染めたんだって。だから、生地から全て自社ブランドなんだよね」

　製品化したのはワンピース、ワイドパンツ、ブラウス、スカート。一センチ単位で大きさを調整でき、主に三万円台で購入できるという。

「え〜と『長身女性の本来持つ美しさと、抜群の存在感を最大限まで引き出すのが、ブランドのコンセプト。それを体現した服になりました』……と。なるほど」

「まるで、あたしたちのためにあるみたいなブランドじゃない」

「あたしも、このブランドの洋服、買いたいわ」

三人は全員、身長百八十センチ前後である。既製の女性服が身体《からだ》に合わないことも多い。気に入ったデザインを見付けても丈が短かったり、着こなしのバランスが悪かったりする。

「伊勢型紙の模様って知らないけど、記事を読む限りとても魅力的よね。和モダンでしょ」

メイの言葉に、はなは口惜しそうに唇を歪《ゆが》めた。

「正直、やられたって思った。日暮里《にっぽり》は生地問屋街だから、私もいずれ和モダンの生地で洋服作って、プライベート・ブランドを立ち上げたいとは思ってたのよ。でも、伊勢型紙なんて考えたこともなかった。生地まで自社生産するなんて」

口惜しさを呑《の》み込むようにスムージーサワーをガブリと飲んで、先を続けた。

「それに、背が高い女の人が苦労してるなんて、ちっとも気が付かなかった。自分がチビだから、背の低い人の苦労は分るけど、背の高い人は色んな服が着られて、得してると思ってたよ。ファッションモデルって、みんな百八十センチクラスなんだもん」

「アメリカやヨーロッパは知らないけど、日本で女が百八十センチあったら大変よ。着る物、ホント苦労するから」

「そうすると必ず『男物着れば？』って言われちゃうけど、あたしたちの場合、意地でも男物は着たくないってとこもあるしね」

モニカとジョリーンの言葉に、はなはシュンと肩を落とした。

「でも、はなちゃん。これで和モダンのブランドを諦《あきら》める必要ないんじゃないの？　むしろ、体型に悩む人が多いってことと、和の生地が洋服に使えるってことが証明されたわけだし」

メイに続いて、モニカとジョリーンも口を添えた。

「そうよ。例えば小柄な人向けのブランドとか、良いんじゃない？　洋服売り場でそういうコーナー、見たことあるわ」

「和の模様だって、伊勢型紙以外にも沢山あるわよ。紅型《びんがた》とか絞りとか絣《かすり》とか」

しかし、はなは大きく首を振った。

「やっぱ、インパクト弱いよ。二番煎《せん》じの感じするし」

二三は揚げたての飛竜頭をテーブルに運んだ。

「お熱いうちにどうぞ。食べ終る頃に漬丼を出しますね」

三人はすぐさま箸を割り、飛竜頭を三等分して小皿に取り分けた。片栗粉《かたくりこ》でとろみを付けた出汁に絡めて口に運ぶと、既製のがんもどきとは似て非なる世界が広がった。

豆腐のマッシュに戻したヒジキと銀杏、人参《にんじん》、鶏のひき肉を混ぜ、卵をつなぎにした。柔らかくクリーミーで、揚げたての香ばしさが漂う。

「ねえ、おばちゃん、ランチで出してる『豆腐ハンバーグ』は、これの親戚《しんせき》？」

「あっちは揚げないでオーブンで焼いてるの。ＯＬさんはダイエット志向が多いから」

万里は四人の漬丼を作り始めた。

二三がスーパーの安売りで買ってきた百グラム百九十八円の冷凍マグロを、刺身用にスライスし、漬《づけ》ダレに二十分ほど漬けておく。後は丼によそったご飯の上に刻み海苔を散らし、漬マグロを並べ、刻みネギとワサビを添えれば完成だ。

漬ダレは醤油、煮きった酒とみりんを合せるだけでも美味しいが、万里は一手間掛けて昆布出汁を混ぜた。これで旨味がプラスされる。

「はい、漬丼です。お吸い物はサービスね」

漬丼用に取った昆布出汁がベースのおすましで、具はシンプルに刻みネギと京花麩《きょうはなふ》のみ。

「あら、上品な香りねえ」

四人はまず吸い物を一口飲んでから、漬丼に箸を付けた。

ワサビと刻みネギを載せたマグロと一緒に、白いご飯を口に入れる。その瞬間、人は漬ダレの中で短い時間を過ごしただけで、安物の冷凍マグロが別次元にジャンプアップしていることに気付かされる。どういう化学反応だろう？　細胞の隙間に漬ダレが浸透し、余分な水分を排出したせいなのか、マグロの身は締まり、旨味が凝縮している。しかもご飯との相性は抜群で、一心同体と言っても良いくらいだ。

「イケる……」

漏れ聞こえるのは溜息交じりの声のみで、後は四人ともひたすら箸を動かし、食べ進んだ。

「ああ、美味かった」

「ごっつぁんでした」

美味しい物を食べて腹が一杯になると、人は何故か精神に余裕が生まれる。はなの顔つきもいくらか明るくなっていた。

二三は食後のお茶をテーブルに運び、ついでに椅子の背もたれに立てかけられたクリアファイルを手に取った。ざっと内容を読み、はなの落ち込んだ理由も見当が付いた。

「はなちゃん、和モダン路線は捨てることないと思うわよ」

はなはピクリと眉を上げた。

「おばちゃん、そう思うの？」

はなは二三が以前、大東デパートの衣料バイヤーだったことを知っている。

「ほら、前にはなちゃんが外国人のお客さんのパスポートを届けてくれたとき……」

あれが記念すべき、はなとはじめ食堂との出会いだった。

「あの方はインドネシア人のデザイナーで、モデスト・ファッションっていうの、それを手掛けてるのよ」

「知ってる。モデスト・ファッションは今や三十六兆円市場だよ」

「イスラム教徒以外にも、需要はあると聞いてるわ。現に私も菊川《きくかわ》先生も、一着もってるもの。中高年女性にはありがたいファッションだと思うわ」

モデスト・ファッションは「モデスト＝控えめな」という言葉が表すように、基本的には顔と手足の先以外を露出せず、身体の線も強調しないファッションだ。

「考えてみれば着物だってモデスト・ファッションよ。だから、和の素材との相性はとても良いはずよ」

はなは黙って頷いた。

「中高年とか、小柄な人とか、介護を受けている人とか、ターゲットは広いわよ。それを視野に入れて、和のモデスト・ファッションを考えてみるのも、良いんじゃない？」

二三は空になった丼を指さした。

「同じマグロも、お刺身で食べるのと漬けにするのでは、全然味わいが違ってくるわ。まして ファッションの世界なら、同じ生地で変幻自在、色々な服が作れるでしょう」

「そうだよ、はな。諦めんなよ」

いつの間にか、万里がテーブルのそばに立っていた。

「目の付け所は間違ってなかったんだ。これから別のチャンスがあるよ、絶対」

はなは顔を上げ、みんなの顔を見回した。

「皆さん、ありがとう。いっぱい心配してくれて」

「それだけみんなに好かれてるのよ、はなちゃんは」

二三の背後から一子が顔を覗かせた。

「人望って、大事だぜ。俺を見れば分るだろ？」

万里はぐいと親指を立てて自分の胸を指した。

「そうだね。何やるにしても、信用がないとダメだもんね」

はなは自然に微笑《ほほえ》んだ。

「私、もう一度考えてみる。自分に出来ること、新しいこと、それと、人が買いたくなる洋服」

「頑張れよ。挫《くじ》けそうになったら漬丼を思い出せ」

「なによ、それ」

はじめ食堂に温かな笑いの輪が広がった。

まだ冬の気配の訪れる前の、穏やかな秋の夜が更けていった。

第四話

豚汁を止めるな！

毎年十月も半ばを過ぎると、生温《なまぬる》かった水道の水が冷たくなってくる。十一月に入るといよいよ冷たさを増し、二三《ふみ》は米を研ぎながら時折お湯の蛇口をひねり、痺《しび》れそうな指を温めなくてはならない。三升五合ともなると、米を研ぐだけで一仕事だ。

水が一番先に冬になる……。

食堂で働くようになってから体感したことの一つだ。空気はまだ秋なのに、水の温度が冬めくと、それからあっという間に本格的な冬が到来する。

春は忍び足で訪れるが、冬は駆け足でやってくる。そのことに、二三は毎年不思議な感慨を覚えるのだった。

令和初の十一月が始まった。

午前十一時半、はじめ食堂のランチタイムも始まりだ。

「今日の毎週カレーとワンコインはカレーうどんです！」

二三は開店と同時に入ってきたお客さん達に声を張った。

「もしかして、カレーうどんって初メニューじゃない？」

ご常連のワカイのOL四人組が訊《き》いた。

「はい。寒くなるのを待ってました。満を持しての登場です！」

OL達は「大袈裟《おおげさ》ねえ」と笑ったが、二人はカレーうどんの定食セットを注文した。

「ねえ、お宅のカレーうどんはどんなの？　お蕎麦屋《そばや》さん系？　それとも古奈屋《こなや》みたいなの？」

「もしかして、モルディブ風？」

二三は「さすがに、それはない」と首を振った。

「ま、食べてのお楽しみです。乞《こ》うご期待！」

二三は次々に注文を取り、厨房《ちゅうぼう》に通した。

今日の定食は焼き魚が塩鮭《しおじゃけ》、煮魚が銀ダラのカマ、小鉢は煮玉子と切干し大根、味噌汁《みそしる》はエノキと豆腐、漬物は大根と人参《にんじん》の糠漬《ぬかづ》け。白菜漬けは毎年十二月にデビューする。ご飯味噌汁お代わり自由で、定食セットに限りカレーうどんも大盛り無料にした。消費税が十パーセントになった今、これで七百円が高いか安いか、毎日の盛況ぶりが物語っているだろう。

本日の目玉メニューカレーうどんは、それこそ「満を持して」登場させた力作だ。

具材は玉ネギと豚コマのみ。和風出汁《だし》で具材を煮込み、市販の高級カレールウを溶いたスープが基本になる。そこにバター、生姜《しょうが》・ニンニクの擂《す》り下ろし、鷹《たか》の爪《つめ》、酒を加え、最後に醤油《しょうゆ》で味を調える。昔ながらの蕎麦屋のカレーうどん風でありながら、ちょっぴり洋風も加わった、はじめ食堂のカレーうどんなのだ。

ここに至るまでには色々とあった。

万里《ばんり》は「どうせならルウから手作りしたい」と主張したが、二三と一子《いちこ》は「カレー専門店でもないのに、そこまで手間暇を掛けると後が続かない」と危惧《きぐ》を表明した。すったもんだの末「そうは言うけど、S&Bディナーカレーもハウス・ザ・カリーも美味《おい》しいわよ。万里君だって好きじゃない」というおばちゃん二人の主張に押し切られ、試作してみた結果「これ、イケるじゃん!」となって、店で出すレシピが決まったのだった。

二三と一子は「毎週食べるなら、慣れ親しんだ味が一番」と確信していた。だから新作「カレーうどん」の味の基礎を、多くの人が子供の頃《ころ》から食べ慣れている市販のカレールウに置いた。

二人の狙《ねら》いは的中したようだ。お客さんたちは鼻の頭に汗を浮かべながら夢中でうどんを啜《すす》ってくれた。賞賛の言葉は「懐かしい」と「コクがある」に大別されたが、それはつまり、子供の頃から食べ慣れた美味しいカレーを表現している。

「なるほど。言われてみればその通りです」

三原茂之《みはらしげゆき》はカレーうどんの汁を啜って頷《うなず》いた。

「懐かしいのにコクがある……病みつきになる味だなあ」

「やっぱり寒くなると美味しいわよね、カレーうどん。あたし、暑い盛りは絶対にタイカレーとスープカレー。サラサラしてて食べやすいもん」

野田梓《のだあずさ》は小鉢に残った汁を飲み干した。

時刻は午後一時三十五分。サラリーマンやＯＬのお客さんは一時を過ぎると波が引くように席を立ち、この時間に店にいるお客さんは古くからのご常連二人だけとなる。

梓も三原も本日は煮魚定食を注文したのだが、「お味見です」とカレーうどんをお椀でサービスされた。毎度のことながら、二人はいつも心から喜んでくれる。

「それにしても銀ダラのカマって美味しいわね」

梓は箸《はし》でカマの骨から身を外した。身はプリプリと弾力を保っているが、口に入れると脂がとろけてくる。白身魚の上品な脂は、不思議と口の中に残らない。

「僕は銀ダラのカマは初めてですよ。マグロとかブリはよくありますが」

スーパーなどで銀ダラは通常切り身で販売されていて、カマが売り場に出ることはほとんどない。

「魚政《うおまさ》さんが豊洲《とよす》で仕入れてくれたんです」

今朝、仕入れに行った山手《やまて》政夫《まさお》の息子の政和《まさかず》から「大量に入荷していて、ランチで使える値段ですけど、如何《いかが》ですか？」と電話があった。銀ダラはほとんど使ったことがないので、二つ返事で仕入れてもらった。

カレーうどんの登場で少し割を食ったきらいはあるが、魚好きの常連さん達は「これは珍しい」と判断し、ちゃんと煮魚定食を注文してくれた。三原と梓の注文で、二三と一子の昼食分を残して全《すべ》て完売したのだった。

「ねえ、これでお宅は、カレー料理は全制覇したの？」

梓は思い出す顔になって指を折った。

「普通のカレー、シーフードカレー、カツカレー、スープカレー、牛スジカレー、キーマカレー、ドライカレー、カレーうどん……」

「エスニック系は万里君が色々やってくれたわよね。タイカレーとかモルディブカレーとか」

「北インドカレーと南インドカレーも」

万里がニヤリと笑った。

「パキスタンカレーやろうと思ってネットで調べたら、インドカレーと違いはないって書いてあって、やめちゃった」

インドにおいてもパキスタンにおいても、土地や宗教によって食材も調味料も違うが、マサラを使った調理法という一点で共通性がある。また、両国ともムガル帝国だった歴史があり、高級料理はムガル宮廷料理の流れを汲《く》んでいるという。

「まあ、インドではカリーと言えば食事全般のことですから、奥が深いですよねえ」

三原は淡々と言ってから、力強く断言した。

「でも僕は、断然カツカレー派です」

「また近いうちに出しますよ」

一子は笑顔で請け合った。

と、梓が突然言い出した。

「ねえ、ふみちゃん、ドライカレーとカレーピラフとカレーチャーハンは、どこが違うの？」

「ピラフは生米を炒《いた》めてから炊く、チャーハンは炊いてあるご飯を炒める」

二三は即座に答えてから首をひねった。

「でも私、ドライカレーとカレーチャーハンの違いが分んないのよね」

「おばちゃん、全然違うよ。ドライカレーはご飯にキーマカレー載せたやつじゃん」

「私が子供の頃、ドライカレーって言ったら、カレーチャーハンだったわよ？」

二三は同意を求めるように梓と一子の顔を見たが、三原まで頷いた。

「僕のお袋が作ってくれたドライカレーも、カレーチャーハンでしたよ」

「え〜、うそ……」

八つの瞳《ひとみ》にじっと見つめられて、万里はいささか分が悪い。

「ドライカレーを注文したらひき肉のカレーが出てきてビックリしたのは、二十五、六歳の頃だったわ。銀座の安いビストロで。大東《だいとう》デパートの社員食堂ではカレーチャーハンだったのに」

「あたしもそのくらいだったかな。六本木《ろっぽんぎ》の小さな洋食屋で……」

万里は助けを求めるように一子を見た。

「おばちゃんのご主人は、どっちを作ってたの？」

一子は想《おも》い出《で》をたぐり寄せるかのように、遠い目になった。

「そう言えば、ドライカレーはやらなかったわねえ。チキンライスは作ってたけど」

梓が手提げから取り出したスマホで検索を始めた。

「あらら、ビックリ。キーマの方が先みたいよ」

手にしたスマホを水戸黄門《みとこうもん》の印籠《いんろう》のように突き出し、ぐるりと回して見せた。

ひき肉とみじん切りの野菜を炒めてカレー風味の味を付けた料理は、一九一〇年頃、日本郵船の外国航路船三島丸《みしままる》のレストランで出されたのが始まりだという。チャーハン式のドライカレーは、一九二三年にエスビー食品の前身が国産カレー粉を発売してから作られるようになったらしい。

「やったね」

万里が小さくガッツポーズを決めた。

「それより、どっちも日本発祥っていうのが面白いわ」

「やっぱりカレーは日本の国民食なのよ」

二三と梓は万里を無視して「ねえ～」と頷き合った。

夕方、夜営業の店を開けたはじめ食堂に、いつもながら一番で入ってきたのは辰浪康平《たつなみこうへい》だった。

「え～と、最初からぬる燗《かん》だと後が怖いからな。まずは生ビールで」

ほとんど予約席となっているカウンターに腰掛け、最初の一杯を注文した。

「はい、どうぞ」

二三がおしぼりとお通しを持っていくと、小皿に目を落として訊いた。

「これ、新作？」

「というほどでもないけどね。焼きネギのお浸《ひた》し。美味しいわよ」

康平は五センチほどに切った長ネギを箸でつまみ、口に運んだ。

「うん、甘い」

「冬が近づくと、白い野菜が美味しくなるから」

ネギを魚焼き用のロースターでこんがりと焼き、出汁《だし》醤油《じょうゆ》に漬けてゴマを振っただけのお手軽さだが、焼くとネギの甘さが増す。

「これはビールより日本酒でつまみたいなあ。万里、今日のお勧めは？」

「ふろふき大根、カブのハーブサラダ、長芋の明太黄身ソース、鶏肉《とりにく》とポテトのローズマリー焼き、蓮根《れんこん》の挟み揚げ」

カブ、長芋、そしてジャガイモの料理は初お目見えの新作だ。

康平は定番を載せたメニューを開き、黒板に書かれたお勧めと見比べて、困ったように眉《まゆ》を寄せた。

「ううん、そうだなあ……カブはやっぱりカブラ蒸しで。あと、長芋の明太黄身ソースと蓮根の挟み揚げ」

康平は残念そうにメニューを閉じた。四十歳になったせいか、近頃は注文する料理も以前より一品少なくなった。

「康ちゃん、シメのご飯はどうする？」

一子がカウンターの隅から首を伸ばした。

「今日のお昼はカレーうどんだったの。重いようなら、野沢菜とジャコ炒めのおにぎりにしようか？」

「カレーうどん、良いなあ。でもやっぱり、おにぎりにしとく」

「味噌汁代りにお椀《わん》で出そうか？」

「ありがと、おばちゃん。恩に着るよ」

「こんなことで恩に着なくて良いわよ」

万里が長芋の明太黄身ソースの皿を康平の前に置いた。千切りの長芋に明太子と卵黄、白出汁を混ぜたタレを掛けたものだ。

「長芋って、ワサビ醬油やポン酢、梅肉はよくあるでしょ。だからちょっと目先を変えて。どう？」

「美味《うま》いよ。ああ、これは絶対日本酒だ」

康平は「もう我慢できない！」と一子を振り向いた。

「おばちゃん、田酒《でんしゅ》。ぬる燗で」

万里は二三に向ってニヤリと笑い、わざとらしく胸を反らした。

ぬるめの燗がつき、康平がネギのお浸しと長芋の明太黄身ソースをほぼ平らげた頃、カブラ蒸しが蒸し上がった。

「こういう物が毎日食べられれば、冬も悪くないなあ」

茶碗《ちゃわん》の蓋《ふた》を取ると湯気がフワッと立ち上り、康平の鼻腔《びこう》をくすぐって宙に消えた。

入り口の戸が開き、山手政夫、後藤輝明《ごとうてるあき》に続いて菊川瑠美《きくかわるみ》が入ってきた。

「入り口でバッタリ会っちゃって」

瑠美は康平と山手の間のカウンター席に腰を下ろした。

「生ビール二つ」

「私はミカンのスムージーサワー」

それぞれ飲み物を注文すると、メニューの検討に入った。

「こっちはふろふき大根、長芋の明太黄身ソース、カブラ蒸し。それと蓮根の挟み揚げに……ウニ載せ煮玉子」

ウニ載せ煮玉子は簡単で美味しくて季節に関係なく食材が手に入るので、定番メニューとしてすっかり定着した。

「私もウニ載せ煮玉子ね。それとカブのハーブサラダ、鶏肉とポテトのローズマリー焼き。ジャガイモとローズマリーって、相性抜群なのよね。あと、ホウレン草のゴマ和《あ》え下さい」

三人は一通り注文を終えると、運ばれてきたビールとサワーで乾杯した。

瑠美はグラスを置き、お通しを口に運んで大きく頷いた。

「美味しい……。焼いてから浸す。この一手間でネギがうんと甘くなって、美味しさがアップするのよねえ」

万里はウニ載せ煮玉子二皿とふろふき大根を出し、カブのサラダに取りかかった。

薄切りにしたカブに塩を振って馴染《なじ》ませ、水気を絞り、小さめにカットしたロースハムと一緒にマヨネーズで和える。薄切りにしたのは火を通さず、カブの歯応《はごた》えを残すためだ。彩りにカブの葉もカットして混ぜた。本来は塩の他に数種類のハーブを風味付けに使うのだが、万里は市販のクレイジーソルトを使って時短を図った。

「充分に美味しいわよ。手間は掛けるとこと抜くとこのバランスが大事だと思うわ。それでないと、作るのが面倒になっちゃうもの」

瑠美の言葉には実感がこもっていた。いくつもの雑誌に自作のレシピを発表しているが、一回試して終りではなく、その家庭に定着して欲しいと願っている。手間の掛かりすぎる料理は敬遠されるので、時短はいつも考えざるを得ない。料理研究家としての人気には、そのバランス感覚も与《あずか》っているのだ。

「ふみちゃん、日本酒。面倒だから、康平と同じでいいや」

「面倒だからはないでしょう」

康平は苦笑したが、はじめ食堂の常連の間では、日本酒に関しては「康平の真似《まね》をすれば間違いない」という評価が定着していて、本人も内心得意がっていた。

「ねえ、皆さんはドライカレーって、どんなイメージですか？　カレーチャーハン？　それともキーマカレー？」

料理の合間に、万里がカウンターから訊いた。

「うちはカレーチャーハンだったなあ。お袋は何故《なぜ》か『カレーピラフ』って言ってたけど」

カブラ蒸しのスプーンを途中で止めて、康平が言った。

「私はイメージないのよね。母は普通のカレーは作ってたけど、ドライカレーは作らなかったから。元々、あんまりカレーが好きじゃなかったみたい。カレー以外でカレー味の料理って、出なかったもの。初めてお店で食べたドライカレーがキーマだったから、そんなもんかなって」

瑠美は料理研究家としては意外な告白をした。

「うちのお袋も普通のカレーしか作らなかったな。友達の家で汁気のないひき肉のカレー出されて、何だと思ったら『ドライカレー』って言われてビックリしたっけ」

山手は懐かしそうに言って田酒のぐい呑《の》みを傾けた。

「私も山手と同じです。お互い終戦の年の生まれですからね、親もドライカレーまで手が回らなかったんでしょう」

後藤の言葉に、山手が何度も頷いた。

「それより、一番ビックリしたのは大阪で食べたカレーですよ。ご飯とルウを混ぜてあって、真ん中に生卵を落としてある……」

「ああ、自由軒《じゆうけん》ですね」

瑠美はすぐさま反応した。大阪の難波《なんば》にある創業一一〇年になる老舗《しにせ》洋食屋で、作家の織田作之助《おださくのすけ》が愛していたことでも知られている。創業以来ずっと、安くて美味しい庶民の味方だ。

「昔は保温が難しかったので、お客さんに温かいご飯を出せるように、熱々のルウと混ぜたんですって。それが店の名物になったのね」

「そうね。昔はジャーなんてなかったもの。ご飯を炊いたらお櫃《ひつ》に移して、冬は布団でくるんだり、炬燵《こたつ》に入れたりして冷めないようにしてたけど」

一子は懐かしそうに言って、瑠美を見た。

「『畚《ふご》』っていう、ワラで編んだ保温用の籠《かご》はあったようですね。でも、やっぱりジャーには敵《かな》いませんよ」

後藤と山手の前には蓮根の挟み揚げ、瑠美にはホウレン草のゴマ和えが出された。オーブンから漂ってくる異国風の香りは、ローズマリーだ。

「珍しい匂《にお》いだなあ」

後藤と山手は揃《そろ》って鼻をクンクンさせている。

「ところで万里君は、また新しいカレーメニューを考えてるの？」

「まあ、カレーは結局何でもありっすよね。無限大だから。次は初心に返って、普通のカレーやろうかって思ったり」

「あら、良いんじゃない。日本人はみんな『うちのカレー』が大好きだもん」

そして、瑠美は力を込めて言った。

「カレールウって、実は日本の偉大な発明品なのよ。これさえ使えば誰《だれ》でもほぼ間違いなく美味しいカレーが作れるでしょ。しかも簡単に。カレーが国民食になったのは、カレールウのお陰だって言われてるくらいよ」

日本のカレールウには多いもので三十種類ものスパイスがブレンドされている。インド料理で使われるスパイスは五種類前後、多くても十種類くらいだという。その違いは味に現れていて、本場インドカレーが各パートの音が際立つロックバンドなら、日本のカレーは多くの楽器で奏でるオーケストラのハーモニーだろうか。

「だから、別物だけどどっちも美味しいわけ」

「なるほど」

一同が尊敬の眼差《まなざ》しを向けると、瑠美はクスッと微笑《ほほえ》んだ。

「これ、全部テレビ番組の受け売り。でも、本当にその通りだと思って、感動しちゃったわ」

「いいえ、先生。お陰でやっと分りましたよ。何故日本にこんなにカレーが広まったのか」

一子はしみじみと言った。

「洋食屋の女房だったのに、そんなこと考えたこともなかった。そういうわけだったんですねえ」

　そこへ、万里がオーブンを開けて耐熱容器を取り出した。本日のお勧め、鶏肉とポテトのローズマリー焼きだ。

「熱いのでお気を付けて」

　まずカウンターに鍋敷《なべし》きを敷き、その上に耐熱容器を置いた。中では沸点に達した油がピチピチと跳ねている。

「ああ、良い香りねえ」

　瑠美は鼻いっぱいに立ち上る香りを吸い込んだ。

　オリーブ油を塗った容器に皮付きのジャガイモと鶏肉を入れ、オーブンでじっくり焼いた料理だ。味付けは塩胡椒《しおこしょう》とローズマリーだけ。オリーブ油と鶏の脂を吸い込んだジャガイモは、じゃがバターとはひと味違った風味となる。

「シンプルだけど、奥が深いのよねえ」

　瑠美はそっとポテトを口に入れ、うっとりと目を細めた。

「大尊敬するイタリアンの料理人の本に『ジャガイモはローズマリーとオーブンで焼くのが一番美味い』って書いてあったわ」

　羨《うらや》ましそうに隣を眺める康平の前に、おにぎりの皿とカレーうどんの椀が置かれた。

「あ、ゴマ油の香りだ」

野沢菜とジャコをゴマ油で炒めた「ご飯のお供」は、酒の肴《さかな》にもなるが、ご飯に混ぜておにぎりにすると更に美味い。

「いっちゃん、俺たちもシメは康平と同じやつで」

山手がすぐに注文を追加した。

「私、カレーうどんだけ下さい、お椀で」

瑠美は残念そうに溜息《ためいき》を吐《つ》いた。

「さすがに最近は炭水化物オン炭水化物はキツくなっちゃって」

二三と一子は康平と瑠美を見比べて、密《ひそ》かに微笑み合った。どうやら誰も、足並みを揃えて年を取っていくようだ。

「こんにちは～」

月半ばの月曜日、昼下がりのはじめ食堂にやって来たのはメイ・モニカ・ジョリーンのニューハーフ三人組だ。時刻は二時近く、すでにランチのお客さんは引き上げて、二三たちも賄いの支度に取りかかったところだった。

「いらっしゃい」

二三は手を休めずに三人を振り向いた。

「メイちゃん、今日の日替わり、豚汁《とんじる》よ」

日替わりであると同時にワンコインメニューも豚汁とご飯セットにした。小鉢二品とサラダ、漬物をプラスすると七百円になる。

「わあ、良いとこへきた。私、大好き！」

メイは声を弾ませ、いそいそと支度を手伝い始めた。

今日の日替わりもう一品は麻婆《マーボー》豆腐。焼き魚は黒ムツ照り焼き、煮魚はカラスガレイ。小鉢は小松菜のお浸しとヒジキの煮物、漬物は葉付きのカブ糠漬け、味噌汁はワカメと油揚げ、そしてサラダ。

「プラス五十円で味噌汁は豚汁にチェンジよ」

二三の説明に、メイはニコッと微笑んだ。

「それじゃ、希望者殺到だったんじゃない？」

「まあね」

「分るわ。あたしも定食屋さんに入ると、必ず豚汁にチェンジするもん」

ジョリーンはそう言ってお椀に豚汁をよそった。

ちなみに、豚汁定食の場合はお椀ではなく麺《めん》用の丼《どんぶり》によそい、お代わりも自由だ。

万里はいつも通り、メイたちと同じテーブルに着いた。四人は一斉に割箸を割り、まず豚汁を啜った。

「ここの豚汁って、どうしてこんなに美味しいのかしら？　自分で作っても、どうしてもこの味が出ないのよね」

メイは不思議そうに首を傾《かし》げた。

「メイの豚汁だって美味しいのよ。良い材料使ってるし。でも、やっぱりここのは特別だわ」

モニカも丼を置いてじっと豚汁を見下ろした。

「やっぱり、大量に作るからじゃないかしら」

答えたのは一子だ。

「不思議なもので、三人分作るのと三十人分作るのでは、同じ材料を使っても味が違うのね。大鍋にたっぷり作ると、材料からじんわりと良い味が出て、深みが増すような気がするわ」

豚汁の出汁は粉末の鰹《かつお》出汁と昆布《こぶ》出汁を使い、日本酒もたっぷり加えているが、具材は豚コマ、人参、大根、ゴボウ、里芋、こんにゃくと、ごくオーソドックスだ。里芋は冷凍ではなく泥付きを使うので、洗って皮を剥《む》くのが大変ではあるが。しかし、それらの平凡な食材が、大鍋でたっぷりと煮るうちに、互いの持ち味を引き出し合って素晴しいハーモニーを奏でるようになる……。

これが大鍋料理の醍醐味《だいごみ》かも知れない。

「ああ、私、思い当たることがある」

二三の脳裏に二十年以上前の記憶が甦《よみがえ》った。

「大東デパートの仕事でアメリカに出張した時、普通のダイナーのシチューがやたら美味しかったのよ。パリの三つ星レストランで食べたシチューより美味しいような気がして、自分の味覚を疑っちゃったけど、もしかしてそういうことだったのかも」

ニューヨークのグランドセントラル駅のコンコースで食べたクラムチャウダーもやたらに美味しかった。あれは大鍋でたっぷり作っていたからなのだろうか？

「居酒屋のモツ煮が美味いのと一緒かな？」

麻婆豆腐をご飯に掛けた万里が誰にともなく聞いた。

「それは言えるわよ。モツ煮を売りにしてる居酒屋って、大体大鍋でたっぷり作ってるもん」

ジョリーンが言うと、メイが懐かしそうに呟《つぶや》いた。

「前に万里君が作ったモツ煮もすごく美味しかった。これから寒くなるし、また作ってよ」

「うん。考えてる」

万里は即座に請け合った。

「おばちゃん達とも話してんだ。ここんとこ、結構おしゃれな料理に走ってるけど、もう一度原点に立ち返って、素朴な居酒屋メニューを見直しても良いかなって。それこそモツ煮込みとかさ」

「贅沢《ぜいたく》かも知れないけど、あたし、どっちも好きなのよね。白子のソテーやカブラ蒸しも食べたいけど、モツ煮やポテサラが消えちゃうのは寂しいわ」

モニカが言うと、メイとジョリーンも大きく頷いた。

「お姑《かあ》さん、結局車の両輪よね。おしゃれな料理と素朴な料理、どっちも外せないと思う」

二三は幾分声を落として一子に言った。

「そうね。万里君のアイデアはきちんと活《い》かして、昔からのメニューも顔を出す。うちの店にはそれが一番合ってるかも知れない」

昭和四十年、東京オリンピックの翌年から始まったはじめ食堂の歴史は、紆余曲折《うよきょくせつ》を経て令和に至っている。陸上で言ったら何周目を回ったところなのかと、二三は感慨深く思うのだった。


その日の夜営業は、例によって一番乗りは辰浪康平だったが、いつも二番手に来店する山手と後藤の二人組は七時を過ぎても現れなかった。他のお客さんで、テーブル席はほとんど埋まっているというのに。

「不思議なこともあるもんね」

二三が呟いた時、入り口の戸が開いた。入ってきたのは山手と後藤かと思いきや、桃田《ももた》はなだった。

「こんばんは」

元気良く挨拶《あいさつ》して、康平の隣のカウンター席に腰を下ろす。自分の考えていたアイデアが先を越されてガッカリしていた時期もあったが、もうすっかり立ち直ったらしい。表情も態度も、生来の気の強さと生きの良さを取り戻していた。

「ええと、リンゴのスムージーサワーね」

おしぼりで手を拭《ふ》きながら壁のメニューに目を走らせる。

「何か良いことあったみたい」

「分る？」

お通しを出した二三に、はなは得意そうに鼻をひくつかせた。

「今日の企画会議で、意見採用されたんだ。取り敢《あ》えず、嬉《うれ》しい」

そして目の前のカップを手に取った。

「これ、何のスープ？」

「カブの和風ポタージュ。美味しいわよ」

カブと玉ネギをバターで炒め、水と牛乳を加えて軟らかく煮てミキシングしたスープだ。何処《どこ》が和風かと言えば、味付けに白出汁を使っている。夏は冷製にしても合う。

「美味しい。カブが甘くて、ホッとする味だね」

「本当は豆乳を使うらしいんだけど、買うの忘れちゃって」

万里がカウンターから首を伸ばした。

「今日、豚汁作った。シメで食べるなら、他のメニューは軽めにしといた方が良いぞ」

「分った。それじゃ、キノコのソテーとカブラ蒸し。鮭《さけ》のちゃんちゃん焼きも食べたいなあ……」

はなは隣のカウンターをチラリと見た。康平の前に置かれたちゃんちゃん焼きの皿からは、香ばしい味噌の匂いが漂ってくる。

「ハーフサイズで作ってやろうか?」

「ほんと? サンクス。それと、ジェノベーゼポテトって、どんなの?」

「ジャガイモをマッシュしてジェノベーゼソース混ぜたの」

「なあんだ」

「喰《く》ってみろよ。美味いぞ。サービスで茹《ゆ》で卵のみじん切りも入ってんだ」

「じゃあ、それも」

実は万里は最近、市販のジェノベーゼソースにハマっていた。これはなかなかの優れものので、パスタのみならず、様々な料理に応用可能だと知った。

今日は茹でジャガイモと和えて「ポテサラの変わり種」のようにしてみたが、マッシュポテトにかけてピザ用チーズを載せてオーブンで焼けば「ジェノベーゼグラタン」になるし、揚げ焼きしたジャガイモとソーセージに和えたり、シーフードやチキンにも使える。そして、カルパッチョのソースに使ってもイケるのだ。

「ま、ハーブを制する者は西洋料理を制するだ。待ってな、これから次々新作出すから」

万里はどや顔で宣言してから奥に引っ込んだ。

「あ、そう言えば、康平さん。今日は山手のおじさんと後藤さん、どうしたの？」

「どうしたのかなあ？　まあ、多分他に用事があるんじゃない」

「ふうん」

その時、噂《うわさ》の山手と後藤が店に入ってきた。

「いらっしゃい！」

二三は威勢良く声を張ってから違和感を覚えた。いつもはラフな普段着で、日《ひ》の出湯《でゆ》帰りのテカテカした顔をしているのに、今日は二人ともキチンとジャケットを着て、顔も火照っていない。

「おじさん、今日は遅いじゃない」

山手は康平には答えず、カウンター越しに二三に訊いた。

「最近、メイちゃん来てるか？」

「ええ。今日もランチに来てくれたわよ」

「そうか」

山手は素早く後藤と視線を交した。

「メイちゃんがどうかした?」

おしぼりを持っていった二三が尋ねると、後藤が言いにくそうに口を開いた。

「実は、中条《なかじょう》先生が事故に遭って、入院なさったんです」

二三だけでなく、万里も一子も康平も驚いて息を呑んだ。中条恒巳《つねみ》はメイの母方の祖父だ。

「あっちの生徒仲間から連絡があって、さっき、二人で病院に行ってきたんだ。幸い、大事にはならないですんだんだが……」

山手が後を引き取って説明した。中条は今日の午後、歩道を暴走してきた自転車を避《よ》けようとして転倒し、右手首を骨折したという。

「正確に言えば、ぶつかりそうになった小学生をかばって転んだんだ。自転車に乗ってたのは高校生で、けしからんことに、先生を放《ほ》っといて逃げたそうだ」

山手の口調に怒りが滲《にじ》んだ。

「それで、どのくらい入院なさる予定なんですか?」

二三の問いかけに後藤が答えた。

「手術なしの整復ですんだので、明日には退院できるそうです。患部を固定して骨がくっついたら、後はリハビリだとか」

「それは、不幸中の幸いでしたねえ」

一子が言うと、後藤は顔を曇らせた。

「ただ、手首の骨折は完治までに最低三月《みつき》は掛かるそうです。骨が付くまでに一ヶ月、リハビリが二ヶ月。その間、生活面ではご不自由が続きます」

「だから、一応メイちゃんに知らせてやってくれねえか？　気を揉《も》ませるのは気の毒かとも思ったが、やっぱり何も知らせないってのも、不人情だしな」

メイと中条との関係は、まだ修復していない。メイが見舞いに行っても中条は面会を拒否するかも知れないし、看病や介助の申し出は、確実に断るだろう。そんな状態で祖父の身を案じなくてはならないメイの苦悩は、察するに余りあった。

「まあ、先生は職業柄、年齢《とし》より若くて元気だから、普通より早く回復すると睨《にら》んでるんだが……」

「生活面は家事代行を頼むと仰《おつしや》ってましたし、女性の生徒さんが料理の差し入れをしてくれるそうなので、あまり悲惨なことにはならないと思いますが」

「それにしても、右手が使えないのはさぞご不自由でしょうねえ」

二三は猫に引っかかれて右手が腫《は》れ上がってしまった時のことを思い出した。物が持てず、タオルも絞れず、ペットボトルのキャップを開けることさえ出来なかった。まして手首の骨折となったら、いったいどれほどのダメージを被ったことか。

「ダンス教室はお休みなさるんですか？」

　一子の問いに、山手と後藤は同時に首を振った。

「退院したら、すぐ再開するそうです」

「右手は動かせないにしても、足は動くし指導も出来るからな。他に先生も三人いるし」

　中条は主宰するダンス教室に女性一人、男性二人、計三人のインストラクターを雇っていた。

「それなら、ひとまず安心ですね」

「それでさ、いっちゃん。俺《おれ》か後藤のどっちかは、一日一回は教室に顔出すから、メイちゃんに心配しないように伝えてくれ」

「何か先生に渡したい物があるなら、代わりに届けますよ」

　二三と一子は互いに顔を見合せた。二人ともホッと胸をなで下ろす気持ちだった。

「おじさん、ありがとう。俺、今夜にでも青木《あおき》に電話します」

「すまねえな、万里。したが、電話は明日の朝まで待った方が良い」

　万里は怪訝《けげん》そうな顔で山手を見返したが、二三と一子はその意図がよく分った。

「夜中に悪い知らせを聞くと、心配が一気に膨らむのよ」

「心配で眠れなくなったら、メイちゃんが可哀想《かわいそう》でしょう」

「あ、そうか」

はなは感心したように山手と二三、一子の顔を見回した。

「おじさんもおばさんも、さすが！　年の功より亀《かめ》の甲だね」

「バカ、逆だよ、はな」

万里の一言で、はじめ食堂はやっと小さな笑いを取り戻した。


「分った。万里君、知らせてくれてありがとう」

翌日の昼、一時を過ぎてお客さんの波が引いてから、万里はメイに電話した。メイは突然の知らせに、最初は動揺して声を震わせたが、万里が丁寧に事情を説明すると、次第に冷静さを取り戻し、最後は落ち着いた声で電話を切った。

「メイちゃん、どうだった？」

心配そうに声をかける一子に向い、万里はＯＫサインを出して頷いた。

「やっぱり知らせるしかないわよね。気を揉ませるのは可哀想だけど、後になって知ったらもっと傷つくと思うわ」

二三は万里をねぎらいながら、自分の気持ちも納得させていた。

「あたしもそう思う。ただ……」

一子はしみじみとした口調になった。

「中条先生にメイちゃんを受け容《い》れる気持ちがあるのなら、急いだ方が良いわね。残り時間がそうたっぷりあるわけじゃないんだから」

中条はすでに七十代半ばだった。日本人男性の平均寿命を考えれば、和解するなら一日も早い方が良い。そのことを、八十代半ばの一子は身に沁《し》みて感じているのだ。

「青木も、先生も、お互いに愛情を持ってるのに、どうして上手《うま》く行かないんだろうな」

万里はホッと溜息を吐いた。

「複雑なのよ、人と人との関係は。本当は愛があれば良いはずなのに、みんな余計なものを抱えてるから、一筋縄じゃ行かないのね」

二三も我知らず溜息を漏らしていた。

「でもねやっぱり、『最後に愛は勝つ』って、信じたいわ」

一子は穏やかに言った。不思議なことにその瞬間、三十年近く前に流行《はや》った歌が耳に甦ってきた。

その日の夜営業が始まって間もなく、山手と後藤が来店した。

「今日、先生が退院だったんで、船橋《ふなばし》のマンションに顔出してさ、それから来たんだ」

道理で、今日も二人はジャケット姿だった。

「先生、如何でした？」

「まあ、何しろ昨日の今日だ。おいたわしいとしか言いようがねえ」

「それでも、明日から教室を再開なさるそうです。その元気があれば、回復も早いんじゃないかと……」

「実は、今日の三時頃、メイちゃんが店を訪ねてきたんだ。ちょうど船橋へ行く前……」

「まあ」

二三と一子は同時に小さく声を上げた。

「味噌汁作ってきたから、お見舞いに渡して欲しいって。スープジャーって言うのか、今は専用の容器があるんだな」

後藤がしんみりした口調で後を続けた。

「自分からでなく、はじめ食堂からのお見舞いだと言って欲しいと頼まれたそうです」

「これから先生が回復するまで三ヶ月、毎日美味しい味噌汁を作って持ってくるから、おじさん、届けて下さいねって」

「お祖父《じい》ちゃんは味噌汁が大好きだから、毎日飲んで、少しでも早く元気になって欲しいと……」

二人の目がうっすらと潤んだ。それに釣《つ》られて一子も目を潤ませた。

「健気《けなげ》ねえ、メイちゃん」

エプロンの端でそっと目頭を拭《ぬぐ》う一子を見て、二三は努めて明るい声で尋ねた。

「それはそうと、お二人とも、お飲み物は？」

「あ、そうだな。取り敢えず生ビール。小で」

山手も後藤も気を取り直したようだ。お通しをつまんで舌鼓を打ち、頬《ほお》を緩めた。

今日のお通しは長芋の梅肉おかか和えだ。隠し味にほんの少し醤油を垂らしてある。それだけで酸味が和らぎ、旨味《うまみ》が増す。

「長芋、美味いな。今度、また明太子と黄身のやつも作ってくれよ」

「へい、まいど。おじさん、ウニ載せ煮玉子食べる？」

「あたぼうよ」

万里は手を休めずにカウンター越しに尋ねた。

「今日のお勧めは牡蠣《かき》フライ、鮭とホウレン草のグラタン、ハス蒸し、カブのハーブサラダ。あとは小鍋立て。鴨葱《かもねぎ》豆腐と牡蠣の土手鍋ね。土手鍋は味噌仕立てだよ」

牡蠣フライとグラタンは今日のランチの日替わり定食だった。グラタンを出すのは初めての試みだが、ＯＬには人気があった。

「牡蠣フライは外せねえよな。そうすると小鍋立ては、鴨葱豆腐だな」

「ハス蒸しとグラタンもお願いします。それとカブのサラダも。どうしても野菜不足になりがちなんで」

後藤が注文を引き取った。いつも山手とシェアしているので、自然、品数も多くなる。

待たされるのが何よりきらいな性格で、最初は店と山手にお任せだったのだが、はじめ食堂なら注文した料理を順序よく、途切れなく出してくれると分ってからは、自ら料理を注文することも多くなった。

ハス蒸しは蓮根を擂り下ろして魚介類などの具材を包んで蒸し、餡《あん》をかけた料理だ。はじめ食堂では市販の焼き穴子《あなご》を包んでいる。カブラ蒸しのカブを蓮根に変えただけだが、擂り下ろした蓮根はねっとりした食感で、ひと味違った美味しさが楽しめる。

山手が隣のカウンターの康平を振り向いた。

「今日の酒は何が良い？」

「そうだなあ……牡蠣フライとグラタンには鍋島《なべしま》かな。揚げ物にもエスニックにも合う、万能型だから。ハス蒸しとか鴨鍋なら、御湖鶴《みこつる》が良いよ。魚介もだけど、豚や鶏と相性抜群。酸味と甘味のバランスが良いんだ」

康平は少し得意気に答える。はじめ食堂の酒類は全て辰浪酒店が卸しているので、自分の店の冷蔵庫のようなものだ。

「じゃ、まずカブのサラダとウニ載せ煮玉子から行くね」

万里は酒に合せて料理の順番を決めた。その次は牡蠣フライ、グラタン、ハス蒸し、小鍋立て。グラタンは二十五分後に出せるように、早速予熱したオーブンに入れる。

二三は万里の手際の良さには改めて舌を巻く思いだ。わずか四年の間に、見違えるようになった。今やその動きにはまるで迷いがない。

揚げ鍋の前に立つ一子を見ると、思いは同じらしく、目を細めて小さく頷いた。

ほんの一瞬、見交わした目と目の間に、様々な感慨が行き交った。これまでのこと、そしてこれからのこと……。

「こんばんは」

テーブル席のお客さんが席を立ったタイミングで、新しいお客さんが入ってきた。月島《つきしま》で人気のパン屋「ハニームーン」を営む宇佐美萌香《うさみもか》・大河姉弟《たいがきょうだい》だ。

「いらっしゃい。どうぞ、こちらへ。すぐ片付けますんで」

二三は空いたテーブルを勧め、手早く残った皿小鉢を片付けた。

「私、ミカンのスムージーサワー」

「僕、中生」

二人はすぐに飲み物を注文し、額を寄せてメニューを眺めた。前は週に一、二回は来てくれたのだが、ここ一ヶ月ほど足が遠のいていた。

気にならないと言えば嘘《うそ》になるが、そういう気持ちを相手に感じさせないようにするのも、常連客を獲得するには大切だった。誰だって暑苦しい店には行きたくなくなる。

「今日のお勧めは牡蠣フライ、カブのハーブサラダ、鮭とホウレン草のグラタン、ハス蒸し、小鍋立てです」

二三はおしぼりとお通しを運び、お勧めメニューを紹介した。

「それと、定番に昇格させたんですけど、ウニ載せ煮玉子、美味しいですよ」

大河がパッと顔を上げた。

「あ、知ってる。五反田《ごたんだ》のとだか……」

「はい。あんまり美味しいんで、うちでも出させてもらいました」

「じゃあ、それね。後はお勧め全部。鍋は鴨葱豆腐で」

萌香がテキパキと注文してメニューを置いた。雛《ひな》人形のような顔立ちだが、行列の出来るパン屋の経営者だけあって、決断が早い。注文で迷ったこともないくらいだ。

宇佐美姉弟のグラタンが焼き上がった頃、康平が会計をして帰っていった。鴨葱豆腐を食べ終える頃には山手と後藤も席を立った。

閉店時間が近づき、残っていた客も一人、二人と帰っていき、宇佐美姉弟が最後の客になった。

朝の早い二人が九時近くまで店に残っているのは珍しいことだった。それに、今日は二人とも何やら深刻な顔で話をしていて、食べるスピードが遅かった。

「すみません、お勘定して下さい」

萌香が片手を挙げた。

「はい。毎度ありがとうございます」

二三が勘定書きを持っていくと、萌香が遠慮がちに尋ねた。

「お宅はうちの店、どう思われます?」

「え?　良い店だと思いますよ。美味しくて安くて」

「うちの朝ご飯、お宅の食パンとコッペパンが多いんですよ」

一子がカウンターの隅から言葉をかけた。

「料理研究家の菊川瑠美先生も、そう仰ってましたよ」

「ありがとうございます。本当にありがたいことです」

萌香と大河は揃って頭を下げた。

「何かあったんですか?　クレーマーに狙われたとか?」

「いえ、そうじゃないんです」

萌香はあわてて首を振った。

「姉貴、最近迷ってるんですよ。食パンとコッペパンに特化して続けるのが良いか、菓子パンや調理パンを増やした方が良いのか」

大河が代って答えた。職人としてパンを焼いているのは大河で、萌香は販売と接客他を受け持っている。

「急にどうなさったんですか?　ハニームーンはとても人気があって、お客さんが行列してるのに」

「確かに、今はそうなんですけど……」

萌香は言いかけて口ごもり、大河が代って言った。

「この前、葛西《かさい》にあるパン屋を覗きに行って、衝撃受けたらしいです。うちより大きいけど、ご主人がほとんど一人で焼いてる店なのに、三十種類以上パンがあって、それがどれもレベル高いのに安いって」

萌香が先を続ける。

「店としては、種類を絞った方がずっと楽なんです。しかも値段を高くしたら、経営は潤います。でも、町のパン屋として、それは違うんじゃないかという気がして……」

ハニームーンは食パン一斤二百十円、コッペパン一本八十円。世の中には一斤千円以上する食パンもあるのだから、格安と言って良いくらいだ。

「うちの実家がやっていた横浜《よこはま》の店は、職人を何人も使って手広くやってたんで比較にならないんですけど、あんな小さな規模の店で、あんなに沢山の種類のパンを一人で焼いてるのを見ると、焦ったんですよね。うちの店、このままじゃお客さんに飽きられるんじゃないかって」

萌香は天を仰ぎ、小さく溜息を漏らした。

「実は、私もパン職人なんです。店を大きくしたら二人で作る方に回って、パンの種類を増やそうって話はしてたんです。でも、今の店がそれなりに流行ってるんで、何だか安心しちゃって……」

「葛西の店も、朝の三時間だけ助っ人の職人を頼んで、それ以外は全部ご主人が一人で焼いてるそうだから、うちでも出来ないことはないと思うけど、今のスタイルとどっちがお客さんに受けるかは、蓋を開けてみるまで分りませんよね」

大河も姉そっくりの雛人形のような顔を曇らせた。

「二人とも偉いなあ」

万里が厨房から出てきて、賞賛の眼差しで姉弟を見た。

「ちゃんとパン職人の修業して、行列の出来る店やってるのに、そうやって真剣に悩むんだ。俺なんか正直、何も考えてないもんな」

そう口に出してから、あわてて両手を左右に振った。

「あ、料理のことは考える。でも、店のことはおばちゃん二人に丸投げ」

二三と一子はつい顔を見合せた。

「あたしたちも、あんまり真剣に考えたことないわねえ?」

「そうよね。そもそも私、タカちゃんと結婚したときは食堂のおばちゃんになるとは思ってなかったし」

「あたしも自分で厨房に立つようになるとは、夢にも思わなかった」

「考えてみたら、今まで全部成り行きよね」

二人は楽しげな笑い声を立て、それにつられて万里と宇佐美姉弟も笑みをこぼした。

「萌香さんも大河さんも、腕があってやる気があって真面目《まじめ》だもの。どう転んでも悪い方へは行かないと思いますよ」

「私もそう思う」

二三はハニームーンの小さな店内を思い浮かべた。

「あのう、最初から全部変えるんじゃなくて、二、三種類新作を並べて、様子を見たらいかがですか？」

二三が言うと、大河は我が意を得たりとばかりに頷いた。

「実は僕もそう思ったんです。それなら方向転換も楽だし」

そして、姉の同意を促すようにテーブルに身を乗り出した。

「しばらくそれでやってみようよ」

「そうね。多分、それが一番良いわね」

萌香は考え深そうに頷いてから、明るい声で言った。

「つまんないこと言ってすみませんでした。でも、お陰様でモヤモヤがスッキリしました」

連れ立って店を出て行く萌香と大河の背中に、一子が優しく呼びかけた。

「明日もお早いんでしょう。おやすみなさい」

翌週の月曜日、ランチタイムの終り頃、例によってメイ・モニカ・ジョリーンのニューハーフ三人組が現れた。

「こんにちは！」

メイはスープ用のジャーを手にしていた。五百cc入りで専用ポーチとケース入りのスプーンが付いている。

「それ、中条先生の？」

「うん。今日はナメコとお豆腐」

メイが毎日午後三時になると魚政を訪れ、手作りの味噌汁を託していることは、はじめ食堂の面々も山手から聞いて知っていた。

「えらいなあ、青木。夜遅い仕事なのに、良くやるよ」

「そうよね、万里君」

「あたしたちも感心してるの」

モニカとジョリーンも口を揃えた。言葉にしなくても、二人ともメイの心が祖父に伝わって、一日も早く和解して欲しいと願っているのが伝わってくる。

「それとね、万里君。これちょっと冷蔵庫に入れさせてもらえる？」

メイが差し出したのは小さな保冷バッグだった。

「一応保冷剤は入ってるんだけどね」

「何、これ？」

「味噌玉」

万里だけでなく、二三と一子も「味噌玉？」と聞き返した。

「元祖インスタント味噌汁。お味噌と出汁と具材を合せて玉にしてあるの。お湯を注ぐだけで美味しい味噌汁が出来て、冷蔵庫に入れておけば保存も利くのよ」

味噌玉自体は携帯食として戦国時代からあったようだ。

「亀戸《かめいど》の佐野《さの》みそに行って、何種類もお味噌を買ってきたから、色々作っちゃった」

乾燥ワカメ、焼き海苔《のり》、とろろ昆布、麩《ふ》、干しエビ、ゴマ、茗荷《みょうが》、ネギ、油揚げなど、様々な具材を組み合せて粉末出汁と共に味噌と合せて丸め、ラップに包む。これでお湯さえあれば、すぐに美味しい味噌汁を楽しむことが出来るのだ。

メイの祖母は具材が野菜の時は必ず油揚げを入れたという。

「コクが出るって。それも、必ず炙《あぶ》ってから入れるの。香ばしくなるのよね。具材が海藻の時は鰹節、肉や魚の時は昆布と干し椎茸《しいたけ》、野菜の時は鰹節と昆布とダブルでとか、具材やお味噌によって、お出汁も色々変えてたわ」

メイは懐かしそうに目を細めた。舌の上に祖母の味噌汁の味が甦ってきたのかも知れない。

「お祖父ちゃん、味噌汁好きだから、朝昼晩飲みたいだろうなって思って」

一子は近寄っていってメイの手を握った。

「まあ、メイちゃん、なんて素晴しい。きっと中条先生も大喜びですよ」

メイは黙って、嬉しそうに微笑んだ。

「さあ、皆さん、今日の日替わりはハンバーグと肉じゃがです。お魚は鯖《さば》味噌と赤魚の粕《かす》漬《づ》けよ。冷めないうちに、お取り下さい」

二三は明るく声をかけた。

今日のワンコインはかき揚げそば、小鉢は茶碗蒸し、白滝とタラコの炒り煮。味噌汁は大根と油揚げ、漬物は白菜。そしてサラダはドレッシング三種類（フレンチとノンオイルとサウザンアイランド）かけ放題だ。

「小鉢で茶碗蒸しって、贅沢感ムンムンね」

ジョリーンが嬉しそうにスプーンを口に運ぶ。

「来週は揚げ出し豆腐出すから、期待してて」

二三は隣のテーブルに向って言った。

「行く、行く！」

ニューハーフ三人は威勢良く声を揃えた。


十一月二十九日の金曜日は、調理師試験の合格発表だった。当日は合格者に通知が送られるが、調理技術技能センターのホームページには朝から合格者の受験番号が表示されている。

だから二三と一子は、その日は朝から落ち着きがなかった。万里は出勤する前に、すでに合否を知っているはずだ。大丈夫とは思うが、もし不合格だったら……。

しかし、店に入ってきた万里の顔を見た途端、二三も一子も自分たちの心配が杞憂《きゆう》に終ったことを悟った。

満面の笑み。そしてどや顔。

「おめでとう、万里君！」

「えらいわ！　よく頑張ったわ！」

「へへへ。ま、それほどでも」

おどけていても、抑えきれない喜びが溢《あふ》れだしている。これでもう、何処にでても恥ずかしくない、実力と資格を兼ね備えた料理人なのだ。

「来週の土曜日、臨時休業してお祝いするわ！」

「何でもご馳走《ちそう》するから、好きなお店を言ってちょうだい」

「良いよ、おばちゃん。試験の日も臨時休業にしてもらったし」

「遠慮しないの。折角だからこの際、話のタネになるようなお店に行ってみたいでしょう？」

二三にポンと背中を叩《たた》かれて、万里も欲が出たらしい。

「そうだなあ……。ミシュランガイド見てから決めて良い？」

「良いわよ。ただし、ビブグルマン限定ね」

「なあんだ」

「うそ、うそ。一生に一度のことだから、何処でも連れてってあげるわよ。好きな店選びなさい」

二三はドンと胸を叩いた。力が入りすぎて咳《せ》き込んでしまったが。


その日の夜営業が始まると、開店早々、待ちかねたように康平、山手、後藤、それに菊川瑠美まで店にやって来た。

「試験、どうだった？」

一同揃って尋ねると、万里は余裕の笑顔でＯＫサインを出した。

「おめでとう！」

「良くやった！」

「えらいわ、万里君！」

万雷の拍手を浴びて、万里は厨房から外に出ると、スターのように両の拳《こぶし》を天に突き上げ、ぐるりと一回転した。

「これもひとえにおばちゃん達と皆さまのお陰です。ありがとうございました」

　最後は深々と頭を下げた。

「実は先ほど、魚政さんから鯛《たい》をお祝いにいただきました。中華風姿蒸しにしましたので、是非召し上がって下さい」

　四人にはテーブル席に移動してもらい、そこへ湯気の立つ大皿を運んだ。デンと置かれた大皿の上には目の下三十センチはあろうかという鯛が鎮座し、香草と酒の良い香りが鼻腔をくすぐった。二三はその上から熱したゴマ油を回し掛けた。ジュッと言う音と共に、ゴマ油の香りが立ち、更に食欲を刺激した。

「こちらは店からのプレゼントです。心置きなくお召し上がり下さい！」

　二三のアナウンスに、四人の客は一斉に拍手した。

「ごめんください」

　戸が開いて、新しい客が入ってきた。

「まあ、中条先生！」

　中条は右手をギプスで固定して白い布で吊《つ》っていたが、背筋が伸び、肌つやも良くて元気そうだった。

　一子が進み出て丁寧に頭を下げた。

「この度は災難でございました。お怪我の具合はいかがですか？」

「はい。幸いなことに経過は順調です。レッスンもある程度は出来ますし。来月早々にもギプスを外して、リハビリに入る予定です」

「それは、それは、何よりでございました」

中条は一子から二三、万里、そして客席の山手たちへと視線を移し、順繰りに顔を見つめた。

「山手さん、後藤さん、そしてはじめ食堂の皆さん、この度は大変お世話になりました。ご造作をお掛けして、恐縮です」

中条は深々と腰を折って一礼した。

「いいえ、そんなこと……」

一子はチラリと二三を見た。二三も一子の目を見返した。

「あの……」

二三が口を開きかけたとき、中条が言った。

「そして、孫にも伝えて下さい。毎日美味しい味噌汁をありがとう、と。味噌玉もとても美味かった。お前の作ってくれた味噌汁のお陰で、毎日三度の食事がとても楽しかった……と」

ああ、中条は気付いていたのだと、二三は驚くと共に胸を打たれた。

「孫の作ってくれた味噌汁の味は、亡くなった家内の味でした。孫は、家内の良いところを沢山受け継いでいたのだと、味噌汁を飲んで気付かされました」

中条は一度言葉を切り、何かを振り払うように首を振った。

「いや、家内だけじゃない。きっと娘や、婿や、私の良いところ、悪いところを受け継いでくれたのだと思います。あの子は、私の孫です。娘の子供です」

中条の声が震えを帯びた。

「今になって、やっと分りました。あの子がかけがえのない存在だと」

中条の目が潤み、涙の粒が盛り上がった。

「それなのに、私はあの子の気持ちを思いやることもせず、苦しめてきました。今までどれほど辛《つら》く、悲しかったことか。それを思うと、私は……」

中条は顔を伏せ、左手で目を押さえた。

「先生、今の先生の言葉を聞いたら、メイちゃん、きっと喜びますよ」

一子は穏やかな笑みを浮かべていたが、瞳は潤んで濡《ぬ》れていた。

「良かったですね、間に合って。今ならお二人の距離を埋める時間は、充分に残されています。大丈夫ですよ」

中条は伏せていた顔を上げ、一子を見た。その目にはすがるような色があった。一子は微笑んだまま、何度も頷いた。

「おばちゃん、俺の合格祝い、風鈴《ふうりん》にしてよ！」

突然、万里が提案した。風鈴はメイたちが働いている六本木のショーパブだ。

「中条先生も一緒に、みんなで風鈴に行こうよ！」

「賛成！」

二三は元気良く叫んだ。

「これで決まり！　十二月七日は臨時休業にします。みんなで六本木に行って、メイちゃんのショーを見るぞ！」

二三が右手の拳を突き上げると、何故か店内には「エイ、エイ、オー！」という、楽しそうなときの声が湧《わ》いたのだった。

第五話

危険なモンブラン

十二月六日金曜日、はじめ食堂のランチタイムに訪れた馴染《なじ》みのお客さんたちは、小鉢の一つを見て一様に「あれ?」という顔をした。

もう一品の小鉢は「筑前煮《ちくぜんに》」だが、「あれ?」の方はどこから見てもただの「海苔《のり》の佃煮《つくだに》」だった。はじめ食堂の小鉢二品は手作りが自慢なのに、これには「ちょっとガッカリ」な気分が顔に出る。

ちなみに今日のメニューは週末に相応《ふさわ》しい豪華版で、焼き魚は文化鯖《さば》、煮魚はブリ大根、日替わりが牡蠣《かき》フライと大根バター醤油《しょうゆ》、ワンコインはほうとう……カボチャの入った味噌《みそ》煮込みうどんだ。味噌汁はエノキと豆腐、漬物は柚子《ゆず》の利いた自家製白菜漬け。

それなのに「どうして海苔の佃煮なのよ?」と言わんばかりの顔つきで箸《はし》を伸ばしたOL四人組は、口に含んだ途端「えっ?」と表情を変えた。「えっ?」は驚きと美味《おい》しさを表している。

「うそ!」

「ありえない！」

口々に声を弾ませた。

「おばちゃん、何、これ？」

「海苔です。生海苔の煮物」

OL四人組は意味が分からないらしく、問いかけるように二三を見た。

「普通に売ってる焼き海苔は、生海苔を干して焼いたもの。これは生海苔をお醤油とお酒で煮てあるの」

「じゃあ、佃煮と同じ？」

「ピンポン！　ただ、味付けはずっと薄くしてあるから、佃煮ほど長持ちしないのね」

「味も全然違う。甘じょっぱくないもん」

一人が感心したように呟《つぶや》くと、同席の三人も大きく頷《うなず》いた。

「それに、海藻は美容にも良いわよ」

二三は一言付け加えて厨房《ちゅうぼう》に引き返し、心で「やったね！」と快哉《かいさい》を叫んだ。

万里《ばんり》は洗い物、一子《いちこ》は牡蠣フライを揚げている途中だったが、戻ってきた二三を見て微《ほほ》笑《え》んだ。二三はぐいと親指を立てた。

野田《のだ》梓《あずさ》と三《み》原《はら》茂之《しげゆき》も、海苔の煮物に舌鼓を打った。

「これ、良いわね。さっぱりしてるし、ご飯が進む」

「酒にも合いますね。塩辛《しおから》くないから飽きが来ない」

すでに一時半に近く、会社勤めのお客さんは波が引くように帰って行き、テーブルには二人しかいない。だから牡蠣フライとブリ大根を「ハーフ＆ハーフ」でサービスし、二人とも感激している。

「ふみちゃん、これは何処《どこ》で覚えたの？」

「実は、死んだ母の得意料理なのよ」

「へええ」

「父の好物でね。毎年、暮れになると魚屋さんに生海苔を注文してたわ。それも量が半端じゃないから、洗うのが大変でね。いつも手伝わされて、私、生海苔なんかもう一生食べたくないと思ったくらいよ」

生海苔を洗うと、水が赤茶色に染まる。大きな洗い桶《おけ》に入れて何度ももみ洗いし、手で絞ってザルにあげる。最後には海苔のかさは三分の二くらいに減ってしまう。

鍋に入れて火に掛け、焦がさないように箸で混ぜながら水分を飛ばし、かさが一回り小さくなったら醬油と酒を入れて更に煮る。母は化学調味料と、酸味消しのために砂糖を一匙《さじ》加えていた……。

出来上がった煮物は佃煮とは全くの別物だった。薄味で甘さがないだけでなく、海苔の味がよりダイレクトに伝わってくる。まさに「ご飯のお供に、酒の肴《さかな》に」ピッタリなのだった。

小学校六年で母が亡くなり、二三の周囲に生海苔を煮る人はいなくなった。母の料理を懐かしく思うことは度々あったが、想い出《おもいで》の味の中で生海苔の煮物の順位は低く、いつしか忘れるともなく忘れていた。

それがどういうわけか、五十を過ぎた頃《ころ》から、ふとした拍子に母の煮た生海苔を思い出すようになった。

そして、先週、魚政《うおまさ》の店先に並んだ生海苔を見て、矢も盾もなく食べたくなった。思い切って煮てみると、一子にも要《かなめ》にも大好評で、「店でも出してみたら？」と言われた。

「……というわけ」

「いい話じゃない」

梓はしみじみと言った。

「やっぱり、年なのかな。あたしもたまに、小さい頃母が作ってくれた料理が恋しくなるわ。煮豆とか芋煮とかあんまり肉の入ってないコロッケとか、つまんないもんだけど」

三原も同調して深く頷いた。

「それはありますね。今の方が絶対に美味しい物を食べてるはずなのに、どういうわけかお袋の味はやけに美味《うま》かったような気がするんですよ」

「きっと、今では食べられない料理だからですよ」

一子が遠くを見る目になって言った。

「空腹は最高のソースだって言うけど、想い出も同じくらい料理を美味しくするんですね。あたしくらいの年になると、料理と想い出がピッタリ結びついて、離れないくらいです」

まだ若い万里は別として、その場にいた人たちは一子の言葉がわが事として感じられた。毎日の食事をする際にも、時として同じ料理を食べた過去の情景、一緒に食べた人の想い出が甦《よみがえ》ったりする。特に美味しい物を食べたときは……。

「お袋の味って、お金じゃ買えないものなのね。だから恋しくなるんだわ」

二三は溜息《ためいき》交じりに呟いた。

そして不意に閃《ひらめ》いた。亡き母の料理をあれこれ思い出すようになったのは、年を取ったからだけではない。高《たかし》と結婚し、新しい家族を得て、自分の心が満たされているからに違いない。悲しい別れはあったけれど、娘の要と姑《しゅうとめ》の一子と暮らす日々は、その悲しみを癒《い》やし、新しい生甲斐《いきがい》をもたらしてくれたのだ、と。


翌日の土曜日、はじめ食堂は休業した。前からの約束で、万里の調理師試験合格祝いに六本木《ろっぽんぎ》のショーパブ「風鈴《ふうりん》」に繰り出すのだ。「風鈴」には万里の同級生のメイ、こと青木皐《あおきさつき》が働いている。いや、メイは「風鈴」の看板スターだった。

今回祝賀会に参加するメンバーは、万里の他、二三・一子・要、ご常連の辰浪康平《たつなみこうへい》・山《やま》手政夫《てまさお》・後藤輝明《ごとうてるあき》・菊川瑠美《きくかわるみ》・桃田《ももた》はな、そしてメイの祖父中条恒巳《なかじようつねみ》の九名。一同ははじめ食堂で合格祝いの夕食を共にしてから、タクシーに分乗して六本木に向うことになっている。

祝賀会のメニューは山手が寄付してくれた刺身盛り合わせ（鯛《たい》・平目・マグロ・寒ブリ・赤貝・ヤリイカ）、一子が腕を振るった牡蠣フライと海老《えび》フライ、二三お手製のグラタンとロールキャベツ、サラダしか作れない要のシーザーサラダとカプレーゼとなった。

ちなみにカプレーゼとは、トマトとモッツァレラチーズ、バジルの葉を盛り付けてオリーブオイルと黒胡椒《くろこしよう》を掛ければ出来上がりで、簡単この上ない。しかも要はプチトマトを使ったので更に手間が掛からなかった。

「これが料理と言えるのかよ？」

わざとらしく声を潜めて万里がからかう。

「じゃ、食べるな」

要はテーブルの下でゆるく足を蹴飛《けと》ばした。

「仲、良いんだ」

はなまで万里の足を軽く蹴った。

屈託のない三人の様子に、二三と一子は笑みを誘われた。

「それでは、万里君の合格を祝して、カンパーイッ！」

一子の音頭《おんど》でみんなはグラスを合せた。酒は康平が寄付してくれたモエ・エ・シャンドン……シャンパンだ。

「おじさんのお刺身の前だと、他の料理が貧弱に見えちゃう」

鯛の刺身に箸を伸ばして、二三はお世辞を言った。山手は満更でもなさそうな顔をしたが、グラタンを皿に取り分けるとわずかに眉《まゆ》を上げた。

「ほう、こりゃ珍しい。マカロニ無しだな」

「ホウレン草のバター炒《いた》めと茹《ゆ》で卵。意外とイケるのよ」

「うん、卵はホワイトソースと相性ばっちりだ」

山手は相好を崩した。親の代からの魚屋だが、一番好きな食べ物は卵だった。そして、このホウレン草と茹で卵のグラタンも、亡くなった二三の母が作ってくれた料理の一つだ。

みな楽しそうに料理を口に運び、グラスを空けた。しかし、その中にあって、中条だけは酒も進まず、料理にも手を付けずにいる。今夜、孫の舞台姿と対面することに緊張しているのかも知れない。

「先生、お刺身は如何《いかが》ですか？　魚政さんの差し入れだから、品の良さは折紙付きですよ」

二三は気を遣って皿に刺身を取り分けた。

「どうも、ありがとうございます」

中条は礼を言って会釈したが、やはり緊張しているようだ。表情が硬い。

「先生、どうぞ。このシャンパンも、高級品らしいですよ」

後藤が中条のグラスにモエ・エ・シャンドンを注《つ》ぎ足した。

みながさりげなく中条の様子を見守っていた。中条が性同一性障害の孫との和解を果たせるように、心から願っているのだ。

「ねえ、万里。今年も最後の金曜日はパーティーやるの？」

海老フライに自家製タルタルソース（絶品！）をたっぷり付けながら、はなが訊《き》いた。

「うん。はなも来るだろ？」

「行く、行く、絶対」

海老フライにかぶりつき、モグモグ咀嚼《そしやく》しながらうっとり目を細めた。

「美味しいねえ。ここの海老フライとタルタルソースは日本一だよ」

「だろ？」

万里は自分の手柄のように胸を張った。

「一人何万も取る店ならともかく、客単価七百円のランチでこの味は、日本中探してもないね」

「ねえ、今年はどんな料理出すの？」

「まだ決めてないけど、ローストビーフは外せないな。みんな期待してるし」

すると、自分の作ったカプレーゼを頬張《ほおば》った要が言った。

「ねえ、鯛の中華風姿蒸しもやってよ。あれ、超ウマだし、見た目もゴージャスだし、滅多に食べらんないもん」

「そうだなあ……」

「やってよ、万里。私もあれ、食べたい」

はなが万里の腕に手を掛けて揺すった。

「私も～」

要も万里の腕を揺すった。万里は二人の間でタコのように身をくねらせ、にやついていた。

にぎやかに祝賀会は進んで行き、料理を盛った皿がほとんど空になったところで、二三が声をかけた。

「それでは皆さん、そろそろ『風鈴』へ繰り出しましょうか」

万里は勢いよく立ち上がり、右手の拳《こぶし》を突き上げて「おー!」と気炎を揚げた。

小さな笑い声の輪が広がり、それに励まされるように、中条もゆっくりと席を立った。

六本木の「風鈴」はニューハーフのショーが売り物のショーパブで、はとバスコースにも指定されていて、浮き沈みの激しい業界にあって、三十年以上人気を保っている屈指の名門である。

今夜も店の前にははとバスが停《と》まり、バスガイドの先導で大勢のお客さんが降りてきた。前回は二三達も、はとバスツアーで来店したのだった。

二三達は奥のボックス席に案内された。二三と一子、中条、山手、後藤の年長組が同じテーブルにつき、万里と要、はな、瑠美、そして康平の若者組は隣のテーブルに座を占めた。

広い店内はたちまち満席となり、照明が落ちてショーが始まった。

アナウンスに続いて軽快な音楽が流れ、華やかな舞台装置を背景に、きらびやかな衣装をまとったダンサー達の艶《あで》やかなダンスが続く。幕間《まくあい》に短いコントを挟み、新しい場面が展開してゆく。

コントで活躍するのはジョリーンだ。ウイットに富んだギャグで客席を沸かせ、舞台を次の幕へと引き継いでゆく。素のままでもユーモラスで面白いが、本領を発揮するのは舞台の上だった。観客の気持ちをしっかり摑《つか》んで、緩急自在に笑いを取る様は、水を得た魚のようだ。

そして、ショーの中心はメイだった。容姿端麗なダンサーの中にあっても、美しさもダンスの切れ味も一頭地を抜いていて、堂々たる主役ぶりを見せつけた。そして、祖父が来店することを知っているせいか、今夜のメイは神々しいほどに輝いて見えた。

ショーの構成も凝っていて、メイは二十分の間に三回衣装を替えたのだが、初回は歌舞《かぶ》伎《き》の引き抜きさながら、一瞬でチェンジして客席をどよめかせた。

二三は斜め向かいに座る中条をチラリと見た。暗がりの中でも、しきりに目を瞬《しばたた》かせているのが分る。やがてポケットからハンカチを取り出して、そっと目頭を押さえた。

二三はあわてて舞台に目を戻した。自分まで鼻の奥がツンとして涙が溢《あふ》れそうになった。肉親と呼べる人がこの世にお互いしかいない祖父と孫が、険しい道を乗り越えて、やっと和解に踏み出したのだ。

分かり合えて良かった。間に合って良かった。

二人に残された時間を思うと、他人事《ひとごと》とは思えない気持ちになってしまう。メイと中条の人となりを知っているから、尚更《なおさら》身につまされる。

ショーが終り、照明が灯《とも》った。店内は大喝采《だいかっさい》に包まれた。ダンサー達は次々に舞台を下り、客席に挨拶《あいさつ》に訪れた。それぞれテーブルについて接客してくれる。

はじめ食堂一行のテーブルにはジョリーンとフィリピン人ダンサーがやって来た。

「ジョリーンさん、役者ね。驚いた。さすがだわ」

ショーの興奮冷めやらぬ顔で一子が言った。

「あらあ、嬉しい。ありがとう」

ジョリーンはラメ入りの付け睫毛《まつげ》をパタパタと上下させ、羽根の扇で風を送った。そして素早く耳打ちした。

「はとバスのお客さんは三十分で引き上げるから、メイはそれからゆっくり挨拶に来ますって」

一子と二三は同時に頷いた。中条はビールを片手に笑みを浮かべているが、心もち表情が硬い。長い間断絶の続いていたメイと対面することに、緊張しているのかも知れない。

三十分ほどすると、はとバスツアーの客達は立ち上がり、ぞろぞろと出口に向かった。ダンサー達は派手なゼスチャーで客を見送ってから店内に引き返し、各々客席に合流した。

二三達の方に向かって歩いてくるのはメイとモニカだ。一同は揃《そろ》って拍手した。

「メイちゃん、日本一！」

「モニカさん、舞台で見るとますますきれい！」

康平とはなが喝采を送る。

モニカは若者組のテーブルに座ったが、メイは中条の前に突っ立ったままだ。まるで怖《お》じ気《け》づいているようだ。

「ほら、メイ。先生にダンスの感想を伺わないと」

ジョリーンが素早く立ち上がり、中条の前に座らせた。

「……お祖父《じい》ちゃん」

メイはそれ以上言葉が出なかった。ただ、じっと中条を見つめている。

「上出来だ。ショーは素晴しかったし、踊りも見事だった。きっと天国でお祖母《ばあ》ちゃんも、お母さんもお父さんも喜んでる」

中条は一気に言った。丸暗記してきたセリフを棒読みするような口調だった。一番伝えたいことを間違えないように、必死で覚えてきたのだろう。

「ホントに?」

メイの声は震えていた。中条は黙って何度も頷いた。

「嬉しい。ありがとう」

「礼を言うのは俺《おれ》の方だ。味噌汁、ありがとう。美味しかった。婆《ばあ》ちゃんの味だったよ」

メイはサッと両手で顔を覆った。ジョリーンがレースのハンカチを差し出すと、洟《はな》をすって嗚咽《おえつ》を堪《こら》えた。

二三たちは、思わず安堵《あんど》の溜息を漏らした。固唾《かたず》を呑《の》んで二人の対面を見守っていたので、みんな肩に力が入っていた。

「メイちゃん、今度、ダンス教室にも遊びにきなよ。何しろ、若いもんがいなくてさ」

山手が冗談めかして言った。

メイは問いかけるように中条を見返した。

「忙しいだろうけど、たまには顔を見せてくれ」

中条は即座に答えた。そして、優しく付け加えた。

「……今度、一緒にはじめ食堂さんに行こう」

中条は二三と一子を振り向いて会釈した。

「お宅は本当に良い店です。私もすっかりファンになりましたよ」

「私も、お祖父ちゃんと同じ！」

メイははしゃいだ声を出した。

「お祖父ちゃん、絶対に行きましょうね」

中条は大きく頷いて、笑顔でメイを見返した。

メイにも、そして二三たちの顔にも微笑みが広がった。

時間は掛かったが、祖父と孫を隔てた見えない壁は取り払われ、これからは互いの心を通わせることが出来るのだ。誰《だれ》もがそれを喜び、二人に幸せな時間が訪れることを祈らずにいられなかった。


二三は冷蔵庫からプラスチックの保存容器を取り出した。中には水に漬けた干し貝柱が入っている。小さく千切って入れたのだが、軟らかく戻るまでには一週間ほどかかる。

これを汁ごと鍋《なべ》に入れ、千切りの生姜《しょうが》と一緒に酒と醬油で煮る。二三の亡くなった母の得意料理だった。貝柱と同じくらい大量に生姜を入れるのが母のやり方で、煮上がってしまうと生姜は貝柱と一体化して、少しも多く感じない。

母は毎年十二月になると、生海苔と貝柱を煮たものだ。その頃は普通の家庭にエアコンなどはなく、暖房器具と言えば炬燵《こたつ》とストーブだった。二三の家にもブルーフレームという石油ストーブがあって、その上にはいつもヤカンか鍋が載っていた……。

二三は醬油の香りの湯気を顔に浴び、大きく息を吸い込んだ。海苔と貝柱を煮る匂《にお》いは懐かしさが強く胸に漂う。亡き母の香りだ。

今の二三は、母を思い出しても悲しい気持ちにはならない。胸に溢れるのは懐かしさと感謝と微笑ましさだ。その幸福を嚙《か》みしめながら、自分が死んだ後、要や万里に悲しみ以外の想い出を残せるようにと願っている。

「はい、どうぞ、味見」

日曜日の夕食に、出来立ての貝柱の煮物を出した。

「あら、美味しい」

「やべ。ご飯が止まんない」

一子も要も驚いたようだ。

「これね、ご飯にも合うけど、バターを塗ったパンに載せてもイケるのよ」

「ふうん。お茶漬けもイケるよね。酒の肴にも良い感じ」

二三は亡き母より少し薄めの味にした。だからご飯無しでも食べられる。

「ふみちゃん、これ、お店で出す？」

「迷ってるの。お姑《かあ》さんはどう思う？」

「出し方よね。すごく美味しいけど、原価が高いし」

干し貝柱は二三が築地《つきじ》場外の乾物店で買ってきた。オホーツク産のLサイズで「割れ」という形の崩れた格安品を買ったのだが、それでも五百グラムで一万五千円近くした。ちなみに干し貝柱は大きいほど味が良いので、SサイズとLサイズでは同じグラム数でも値段が違う。

と、一子がパッと目を輝かせた。

「珍味と同じに考えたら？　酒盗とかカラスミとか。それなら勿体《もったい》付けてちょっぴりだけ出せるし」

「おにぎりの中身は？　ちょっぴりですむじゃん」

「そんなら、混ぜご飯にして握ったらダメかな？　その方が見た目インパクトあるし」

「お母さん、結局たっぷり出したいんじゃん」

「まあね。でも、珍味扱いは大賛成。注文してくれた人には『おにぎりかお茶漬けも出来ますよ』ってオプション付けて」

「チャーハンはどうかしら？　ネギと卵と煮た貝柱でシンプルに」

「あ、美味しそう！」

一子の提案に二三はお膳《ぜん》に身を乗り出した。

要は母と祖母を見比べて「この二人、ダメだわ」と言わんばかりに首を振った。

月曜日のランチタイム後半、干し貝柱の煮物が梓と三原に「味見」として供されたことは言うまでもない。

二人とも一口食べてその美味しさを絶賛したが、二口目を食べた三原は、むしろ口惜《くや》しそうな顔をした。

「罪だなあ。この貝柱も、この前の海苔も。塩分控えめにしようとしても、誘惑に勝てない」

「ホントね。これ食べたら糖質制限なんて無理」

梓も情けなさそうな顔で頷いた。

「お二人とも、大丈夫ですよ。日頃から気をつけてらっしゃるし、全然太ってないし」

一子がカウンターの隅から顔を覗《のぞ》かせた。お世辞を言ったわけではなく、毎日のようにランチを食べに来てくれるので、食生活も想像が付くのだ。二人とも昼食が一日の食事のメインで、朝と夜は軽くしている。この十年病気もしていない。

「ふみちゃん、これ、ランチでも出すの？　それとも夜限定？」

「今んとこ珍味扱いで夜だけにしようと思って。リクエスト次第でおにぎり・お茶漬け・

チャーハンのオプションあり」

「どれも美味そうだなあ……」

三原がうっとりと目を細めた。貝柱だけですでにご飯を半分食べていた。

本日の日替わりは定食はハンバーグ、白菜とベーコンの中華風クリーム煮。焼き魚はホッケの開き、煮魚はカジキマグロ。ワンコインは親子丼《おやこどん》。小鉢は豚コマと白滝の生姜煮、冷《ひ》や奴《やっこ》の二品。味噌汁はジャガイモと玉ネギ、漬物は白菜。そしてドレッシング三種類かけ放題のサラダ。

予想に違《たが》わず、一番人気はハンバーグと親子丼の定食セットになった。梓と三原はホッケを選んだ。梓は元々魚好きだが、三原も最近は魚を選ぶことが多い。肉より魚の方が健康に良いと思っているのだろうか？　それとも魚の脂は肉の脂と違って胃にもたれないからだろうか？

余計なお世話だが、ちょっぴり気になった。二三自身、最近は魚ばかり選んでいる。年を取ったとしみじみ思うのは、体形より食欲の衰えを感じるときだ。

梓と三原が食事を終えて帰って行くと、入れ違いに若い男の客が入り口の戸を開けた。二十歳《はたち》くらいだろう。中背で痩《や》せ型、色白の細面で優しげな、いかにも今時の草食男子といった外見だ。

「いらっしゃいませ」

二三が挨拶すると、青年はやや遠慮がちに店に入ってきて、不安そうに店内を見回した。

「あのう、よろしいですか？」

「はい。どうぞ、お好きなお席に」

二三は愛想良く答えて、黒板に書いた品書きを指した。

「ランチのメニューになります。親子丼は、二百円プラスで定食セットが付きますので」

青年は軽く頷いて、カウンターの向こうを窺《うかが》うように首を伸ばした。そして、こちらを向いた万里と目が合った。

「あれえ、もしかして？」

万里が厨房から出てきた。

「ホントに来てくれたんだ。サンクス」

青年は少し恥ずかしそうに目を伏せて、口の中でモゴモゴと何か呟いた。

「あら、万里君の友達だったの？」

一子がカウンターの隅の椅子《いす》から立ち上がった。

「それはようこそ。さ、さ、遠慮しないで座ってね」

青年は困ったような顔で万里を見返した。

「おばちゃん、この人、調理師試験の時に逢《あ》った人」

万里の言葉で、二三も一子もすぐに思い出した。

電車の中で老人に無礼千万な言動をされ、怒って杖《つえ》を蹴飛ばした青年だ。同じ車両に乗り合せて一部始終を目撃した万里は、偶然にも試験会場で近くの席になったことから、帰り道で声をかけ、柄にもなく説教めいたことを言った。その際、自分の名前とはじめ食堂のことも告げた。青年はそれを覚えていて、わざわざ訪ねてきてくれたというわけだ。

「試験、どうだった？」

「受かった」

「おめでとう。俺も受かった」

「おめでとう」

「いや〜、お互い良かったよね。ま、どうぞ座って。それから、君の名は？」

「円谷志音《つぶらやしおん》」

青年はぶっきらぼうに答えてから、ダウンジャケットを脱いで四人掛けのテーブル席に腰を下ろした。

二三は湯飲みにほうじ茶を注いで持っていった。

「志音さんて言うの？　格好いい名前ねえ。ミュージシャンみたい」

志音はまたしても困ったような顔で万里を見た。この世代はキラキラネームは当たり前で、大袈裟《おおげさ》に褒《ほ》められても当惑してしまうのかも知れない。

「ところで、何食べる？」

万里が訊くと、志音は黒板に目を移した。

「う〜ん」

「迷ったときはハンバーグ。美味いよ。俺が作ったんだから」

万里が自信たっぷりに推薦した。

「じゃあ、ハンバーグで」

その時、入り口の戸が開いて、ニューハーフ三人組がにぎやかに登場した。

「こんにちは〜」

「みんな、元気〜？」

「あらあ、どうしたの？　今日は可愛《かわい》い子がいるじゃないの」

目ざとく志音を見付けてジョリーンがしなを作った。万里といる様子から、ふりの客ではないと察したようだ。

万里は三人の方へサッと手を伸ばして、にこやかに紹介した。

「俺の友達。六本木の『風鈴』のスターダンサーズ、メイ・モニカ・ジョリーン。こっちは俺の一番新しい友達の円谷志音」

そして、パチンと指を鳴らした。

「この三人が来ると、うちはバイキング形式になるんだ。志音も食べ放題で良いよ」

志音はわけが分らずキョトンとしたが、ニューハーフ三人組はいつものように嬉々《きき》としてバイキングの用意を始めた。カウンターに料理を並べ、テーブルを二つくっつけて席を作り「志音君もこっちいらっしゃいよ」と手招きした。

日頃からテレビなどでニューハーフを見慣れているからか、志音も特に違和感はないらしい。並んだ料理を皿に盛って大テーブルに席を移し、二三と一子も交えて、七人が同じテーブルを囲んだ。

「志音君、今はどちらで働いてるの?」

「舞浜《まいはま》のホテルです。店はイタリアン。今日は非番だったんで、思い立って」

一子の問いに、志音は丁寧な口調で答えた。

「じゃ、将来はイタリアンのシェフ?」

「一応。でも、まだ修業始めたばっかかなんで……うち、実家が料理屋なんです。和食と季節料理の。だから、親は和食って言ったんだけど、俺はどうせ勉強するならフレンチかイタリアンだと思って」

高校を卒業して東京の専門学校に進み、学校の紹介で今の店に就職したという。

「これ、美味いですね」

志音はハンバーグを一切れ頬張って目を輝かせた。

「だろ?　俺が作ってんだから」

万里は得意そうに胸を反らせたが、ハンバーグのレシピは一子の亡夫孝蔵《こうぞう》のレシピをそっくり受け継いでいる。特に生姜とニンニクのみじん切りと日本酒を混ぜるのがミソだ。

「これも味見してみる？　ご飯に合うわよ」

二三は干し貝柱の煮物の小鉢を押しやった。

「あら、おばちゃん、それ何？」

メイの視線が小鉢に吸い寄せられた。

「新メニュー。干し貝柱を煮たの。皆さんもどうぞ、召し上がって」

箸を伸ばしてご飯と一緒に口に運んだ志音は、またしても驚きを表した。

「美味い……！」

続いて煮物を口にしたニューハーフ三人組も、感に堪《た》えたように溜息を漏らした。

「ヤバ……。ご飯が永久運動になりそう」

ジョリーンが言うと、メイとモニカも大きく頷いた。

「はじめ食堂って、次々新手を繰り出すわよね。毎週通ってるのに全然飽きないわ」

「ありがとう、メイちゃん。皆さん褒め上手だから、嬉しいわ」

若い五人は旺盛《おうせい》な食欲を見せ、次々と皿を空にした。二三と一子は見ているだけで気分が良かった。

食後のお茶を飲んでいるとき、モニカが尋ねた。

「ねえ、志音君って、もしかして須賀川《すかがわ》の出身？」

「えっ？　どうして分るんですか？」

「あたしの同級生に、特撮オタクがいたの。そいつからいっぱい聞かされたのよ。『ゴジラ』の円谷監督が須賀川の出身で、須賀川には円谷っていう名字が多いって。マラソンの円谷選手も須賀川なのよね？」

円谷英二《えいじ》は言わずと知れた特撮の父、円谷幸吉《こうきち》は東京オリンピックの銅メダリストで、後に自殺した悲劇の人である。

「よく知ってますね」

「街中にウルトラマンのオブジェがあって、M78星雲と姉妹都市なんでしょ？」

志音は嬉しそうに頷いたが、次の瞬間に表情を曇らせた。

「でも、十月の台風で川が氾濫《はんらん》して、被害が大きくて……。須賀川って、福島県なんです」

一同はハッと息を呑んだ。

台風十九号によって福島県や長野県が甚大《じんだい》な被害を受けたことはニュースで知っていたが、都内はほとんど被害を受けなかったので、漠然《ばくぜん》とした知識しかない。そしてみんな、郡山《こおりやま》は福島県と知っていたが、須賀川が何処の県か知らなかったのだ。

「それは、ご災難でしたね。志音君のお宅も浸水したの？」

一子が労《いたわ》りのこもった声で尋ねた。

「一階が浸水して、カウンターは無事だったけど、小上がりや座敷の畳は全滅でした。休みもらって手伝いに帰ったんだけど、俺、あんまり役に立たなくて……」

一子の気持ちが伝わったのだろう、志音は素直に打ち明けた。

十月十三日未明に阿武隈《あぶくま》川上流が氾濫し、福島県は各地で浸水被害に見舞われた。須賀川市は約千戸が浸水し、消防署まで床上浸水で停電してしまったという。

掛けるべき言葉が見つからず、一同はじっと押し黙った。

「でも、十一月から店は再開しました。お客さんもいっぱいお祝いに来てくれたそうです。皆さん被害に遭ったけど、怪我《けが》した人はいないし、元気で頑張ってるって」

志音は気を取り直したように明るい声で言った。

「それは、良かったこと」

「気持ちが挫《くじ》けないのが一番よね」

一子も二三も無理に声を励ました。ここで暗い顔をしたところで、何の助けにもならない。

志音はペコリと頭を下げた。

「ご馳走《ちそう》さまでした。おいくらですか?」

「七百円いただきます」

「良いんですか? なんか、悪いみたい」

二三はにっこり笑いかけた。

「月曜の今くらいの時間はいつもバイキングなの。でも、他の日はメニュー通りの定食か、ワンコインね」

「また来て良いですか？」

「もちろん、大歓迎よ」

二三が答えると、ニューハーフ三人組が歓声を上げた。

「志音君、また逢いましょうね」

「待ってるわよ」

投げキスと拍手を浴びて、志音は恥ずかしそうに帰っていった。

メイたちは食器を厨房の流しに運び、テーブルをきれいに片付けてからコートを羽織った。

「ご馳走さまでした」

「おばちゃん、万里君、またね」

二三たちは三人を見送ると、すぐに洗い物を始めた。三人でやると後片付けはすぐに終る。

「そんじゃ、お疲れさんでした」

万里はハンバーグ、クリーム煮、煮魚、豚コマと白滝の生姜煮を土産《みやげ》にいったん自宅に戻った。万里の両親は共に教育者で大変忙しい。息子の土産で夕飯を食べるのを楽しみにしているのだ。

二三と一子は二階に上がって炬燵に足を突っ込んだ。夜営業の仕込みを始めるまで二時間ほどだが、このままごろりと横になれば昼寝が出来る。

「ねえ、ふみちゃん」

畳に寝そべる前に、一子が言った。

「須賀川市だったっけ。そこにお見舞い金送ろうか？」

「それ、良いね。ボランティアに行くのは無理だもん」

「宛先《あてさき》は分る？」

「調べてみる」

自分達も多少の役に立てると思うと、二三はほんの少し気持ちが軽くなった。そして、横になるが早いか眠りに落ちた。


「義援金の宛先？　調べてみるね」

その夜、帰宅した要に寄付の話をすると、気軽に引き受けて二階に上がり、二分もしないうちにメモを片手に下りてきた。パソコンで調べれば簡単に分るのだ。

「これ、宛先ね」

二三がメモを受け取ると、万里が覗き込んだ。

「おばちゃん、お金送るなら、俺も出すから一緒に送ってくんない？」

「別で送った方が良いよ、万里。住所氏名が分る人には領収書発行するって書いてあった。その分、控除の対象になるから」

「お前、意外としっかりしてんな」

「今頃気が付いたか」

二人は言葉のジャブを応酬しながら、夕食に取りかかった。

今夜は茶碗蒸し《ちゃわんむ》、里芋のそぼろ餡《あん》かけ、下仁田《しもにた》ネギの豚バラ巻き、水菜と豆腐のサラダが並んでいる。

「お母さん、また生海苔も煮てよ。ご飯のおかずは貝柱と生海苔があれば充分」

要は缶ビールのプルタブを開けて言った。その他のメニューは全《すべ》て酒の肴というわけだ。

「このサラダ、つまんない材料なのにイケるじゃん」

「つまんないは余計だっつうの」

ざく切りの水菜と絹ごし豆腐に青じそドレッシングを掛け、ぐしゃりと混ぜて焼きベーコンの細切れを振ったサラダは、万里が居酒屋で出会った料理で、正式名称を「トリちゃんサラダ」という。その心は、作った料理人の名前が鳥山《とりやま》さんだから。その店ではジャコを混ぜていたが、魚の食べられない万里はベーコンに替えた。絹ごし豆腐がソースの役を果たし、ドレッシングがクリーミーになって、意外なほど美味しい。

ひとしきり呑んで食べて空腹が落ち着くと、要は今更のように訊いた。

「ところで、何で須賀川に義援金なの？　福島に知合いなんていたっけ？」

「それがさ、今日……」

万里が志音のことを話すと、要は感心したように頷いた。

「ふうん。人の輪って、意外なところで広がっていくんだね」

「それをご縁というのよ」

一子がしみじみと言った。

「何処でどう繋《つな》がっていくのか、誰にも分らないけど」


それから三日後の夜、寝る前に夕刊に目を通していた一子が「あらあ」と懐かしそうに声を上げた。

「どうしたの？」

「これよ、これ」

一子は二三に広告欄を指し示した。日本髪の美女と鳥打ち帽を被《かぶ》った男の白黒写真で、横に白抜きで「鶴八鶴次郎《つるはちつるじろう》」と書いてある。

「長谷川一夫《はせがわかずお》と山田五十鈴《やまだいすず》」

「ええ、これが?」

　二三はもう一度写真を見直した。長谷川一夫には特別な記憶はなく、山田五十鈴と言えば「必殺仕事人」の印象しかないが、若い頃はこんなにきれいだったのだ。

「この映画、母に連れられて観《み》に行ったことがあるの。まだ小学校に入る前。うちの母、長谷川一夫のファンだったのよ」

　一子は目を輝かせた。幼い自分とまだ若かった母親の記憶が甦ったに違いない。

広告には神保町《じんぼうちょう》の名画座で二十二日まで上映していると書いてある。壁のカレンダーを確認すると、二十二日はちょうど日曜日だ。

「お姑さん、観に行こうか?」

　一子は嬉しそうに頷いた。

「でも、ふみちゃんは退屈じゃない?」

「大丈夫。リバイバル上映されるってことは、それだけ名作なんだから」

「じゃ、帰りに美味しい物食べようか。奢《おご》るわ」

　一子は声を弾ませた。

「それに、次の日はお休みよね。天皇誕生日」

「それがね、今年からは祝日じゃないんですって。上皇様はご退位されちゃったでしょ」

「えっ、そうなの?　がっかりだわ。ずっとお休みだったのに」

しかし、一子の弾んだ気分は少しも損なわれなかった。

「あたしでもガッカリするんだから、若い人はもっとでしょうね。クリスマスイブの前の日がお休みじゃなくなって」

そんなわけで、二人は日曜日に神保町へ出掛けた。

お目当ての名画座は都営三田《みた》線の神保町駅から歩いて三分ほどの場所にあった。外観は近未来を思わせる個性的な建物で、内容は小学館《しょうがくかん》の運営する映画館「神保町シアター」と吉本《よしもと》興業の運営する劇場「神保町花月《かげつ》」の複合施設である。

日曜日のせいか、映画館はほぼ満席だった。観客は一子のようなオールドファンもいるが、二十代、三十代の姿もあった。

上映が始まると、二三はたちまち感心してしまった。内容はともかく、役者の「芸」に注目させられた。「鶴八鶴次郎」は男女コンビの新内《しんない》芸人を描いた川口松太郎《かわぐちまつたろう》の小説を成《なる》瀬巳喜男《せみきお》が監督した作品で、当然ながら主役二人が新内を語る場面が随所に出てくる。その「芸」に嘘《うそ》がまったく感じられないのだ。

山田五十鈴は清元《きよもと》の名取で、長谷川一夫は歌舞伎の出身だ。それぞれ邦楽の素養があるからだろうが、三味線《しゃみせん》の扱いも撥《ばち》さばきも新内の節《ふし》も、実に堂々たるものだった。

そして何より、画面に登場する人たちの着物姿や所作が自然で、いかにも「着物で生活している人たち」であることに、今更ながら感じ入った。こういう人たちはもう日本にはいない。もう、こんな映画は作れないのだ。

上映が終り、照明がつくと、一子は郷愁に包まれた幸せそうな顔になっていた。

「懐かしいわあ。子供だったから筋なんか全然覚えていないけど、時々『あ、このシーン観たことある』って思い出すのよ。子供の記憶って、馬鹿にならないわね」

「そうよね。私も三分前のことは忘れちゃうのに、三十年前のことは覚えてたりするわ」

二人は椅子から立ち上がり、コートを羽織った。

「さて、何を食べようか？　夕飯にはまだちょっと早いけど……」

「お姑さん、日比谷でケーキ食べない？　要が、パリの有名な職人が店出したって言ってた。そこへ行ってみようよ」

「そうね。その後、銀座に出ても良いし」

二人は映画館を出て再び地下鉄に乗り、日比谷に向った。

店はゴジラ像の建つ広場に面したビルの一階にあった。木の温かみを感じさせる外装は「カワイイ」と言うよりシンプルで落ち着いていて、男性が一人でも入れそうな雰囲気だ。

店内は入り口の前のショーケースに色とりどりのケーキが並び、奥がカフェになっていた。さすがに人気店で満席に近い。やはり圧倒的に女性客が多く、男性客はカップルの二名のみだった。

「こちらのお席にどうぞ」

二三と一子は店員に案内されて、奥まった二人掛けのテーブルについた。

メニューを開くとスイーツの写真で花園のようだった。どれもきれいで美味しそうだ。

二三の目は豪華三段重ねの皿に吸い寄せられた。

「ロイヤルティーセットかあ……。これ半分こしても、けっこうお腹《なか》いっぱいになるよね」

「ケーキはお土産で買えるから、パフェみたいなものにしない？」

「そうね。パフェは基本、アイスとクリームだもんね」

二三の言葉が面白かったのか、隣のテーブルにいた一人客の女性が、ほんの少し頰を緩めた。七十代だろうか。和服姿で品が良く、先ほど映画で見た若い頃の山田五十鈴に少し似ていた。足が悪いのか、椅子の横にステッキが立てかけてある。

二三がニッコリ笑って軽く頭を下げると、女性も微笑んで会釈を返した。紅茶とケーキのセットを注文していて、皿にはモンブランが載っていた。それを見た途端、注文は決まった。

「お姑さん、私、これにする。和栗《わぐり》のモンブランパフェ」

「あたしはこれ。ショコラパフェ・モンブラン」

二三は手を挙げて店員を呼び、注文を告げた。

「お姑さん、他に昔の映画で観たいものない？　あの映画館、昔の映画をよく上映してるみたいだから、スケジュール調べてみるわ」

「ええと……」

一子は額に指を当てて考え込んだ。

「好きだった俳優とかいない？」

「小学二年生の時に太平洋戦争がはじまったでしょ。映画もあんまり観てないのよねえ。むしろ、戦後観た『キュリー夫人』や『春の序曲』の方が強烈だったわ。きれいな服や美味しそうな食べ物がいっぱい出てきて……」

「じゃ、大人になってからは？」

「特にご贔屓《ひいき》のスターはいなかったわ。だって、高校の時に孝《こう》さんと出会って結婚しちゃったんだもの」

「あらら。ごちそうさまでした」

二人は小さな笑い声を立てた。そこへ店員が注文したパフェを運んできた。

二三がスプーンを取り、パフェを一匙《さじ》口に入れたとき、表のドアが乱暴に開き、男が大股《おおまた》に入ってきた。

「申し訳ありません。ただ今満席で……」

入り口の近くにいた店員に制止の声をかけられて、男がくるりと進行方向を変えた。その瞬間、運悪くパフェを盆に載せて持ってきた店員とぶつかってしまった。

店員は盆を取り落とし、男のコートにパフェのクリームがべったりと掛かった。

「何しやがる！」

男の怒号が響いた。

「す、すみません。失礼致しました」

若い店員は男の剣幕にすくみ上がり、詫《わ》びる声が震えていた。

「失礼ですむか、馬鹿野郎！　いくらしたと思ってんだ！」

男は五十歳くらいだろう。着ているのはごく普通のコートで、何処にでもありそうな品に見えた。それも新品ではなく、けっこうくたびれている。

「弁償しろ！　すぐに同じものを買って返せ！」

若い女性ばかりの店員達も、ほとんどが女性の客達も、突然の事態に為《な》す術《すべ》もなく、息を呑んでその場に凍り付いた。

奥から制服姿の四十代くらいの男性が現れた。多分、この店の責任者だろう。

「お客さま、大変申し訳ありませんでした。まずは汚れを落として、クリーニング代は負担させていただきます」

「ふざけるな！」

男はますます激昂《げきこう》し、ツバを飛ばして怒鳴り声を上げた。

「自分の店の不始末をクリーニングでごまかす気か？　店員が客にパフェをぶっかけたん

だぞ。責任者を出せ！」

「お客さま、落ち着いて下さい。私がこの店の店長で、責任者です」

店長はあくまでも穏やかに、落ち着いた口調で言った。

「ここでは他のお客さまのご迷惑になりますので、別室の方へご案内します。そちらでお話させて下さい」

「迷惑してんのは俺なんだよ！」

男の顔は朱に染まった。店長が冷静さを保っているので、ますます怒りがエスカレートするのかも知れない。

「お客さま、とにかくここでは困ります。別室の方へ……」

「バカにしやがって！」

男が店長の胸ぐらを掴んだ。年は店長の方が若いが、男より背が低く身体《からだ》も細い。

近くのテーブルの客達が小さく悲鳴を上げた。

その時、二三の隣のテーブルの和服の女性客がすっと立ち上がった。ステッキは突いていたが、しっかりした足取りでもみ合う二人に近づいた。

そして、目にも留まらぬ早業でステッキを振り、男の肩を一撃した。男は顔をしかめ、女性の方を見た。店長の胸ぐらを掴んでいた手を放し、女性の方に向き直ろうとしたが、次の瞬間には脇腹《わきばら》、鳩尾《みぞおち》と連続で突きをくらい、男はその場にうずくまってうめいた。

女性は悠然と男を見下ろした。

「お店に謝ってさっさと出て行きなさい」

男は口惜しそうに顔を歪《ゆが》め、首を振った。

「俺は悪くない。悪いのは女房だ。男を作って出ていきやがった」

女性は軽蔑《けいべつ》も露《あら》わに吐き捨てた。

「それなら間男と決闘して奥さんを取り戻しなさいよ」

「そいつは格闘家なんだ」

「なるほど。強い者には勝てないから、弱い女性に八つ当たりするんだ。サイテーね」

そしてムチを振るような口調で命じた。

「早く出て行きなさい。折角のスイーツが台無しだわ」

男はよろよろと立ち上がり、よろめくように出ていった。

「お客さま、大変ありがとうございました。そして、ご迷惑をお掛けして申し訳ありません」

店長と因縁を付けられた店員が、深々と頭を下げた。

「よろしいんですよ。お気になさらないで。お宅も災難でしたね。お気の毒に」

女性はさらりと言って、席に戻った。

二三は好奇心を抑えられず、女性の方に身を乗り出した。

「すごいですねえ。映画みたいでした」

「お恥ずかしい」

今度は一子が身を乗り出した。

「あれはどういう技ですか？　何かの武道？」

「棒術です。九鬼《くき》神流《しんりゅう》半棒術《はんぼうじゅつ》。父に仕込まれましてね」

女性は恥ずかしそうに微笑んだ。

「お姑さん、すごいもの見たね」

「ホント。長生きはするもんだわ」

佃に帰ってこの話をしたらみんながどんな顔をするか、考えると二三は今から楽しかった。


「まあ、とにかく格好良かったわよ。リアル『必殺仕事人』よ」

翌日、二三が万里と常連さんを相手に、冒険活劇の一部始終を繰り返し披露したのは言うまでもない。

「残念だったなあ。俺も見たかった」

康平は適当に調子を合せ、小鍋立てをつまんでいる。具材はゴボウとセリと鶏肉《とり》と豆腐で、きりたんぽ抜きのきりたんぽ鍋だ。合せる酒は秋田の雪《ゆき》の茅舎《ぼうしゃ》。

「でもよ、その馬鹿野郎は何だってそんな店に入ったんだ？　普通、男は一人なら喫茶店だろう？」

山手が腑《ふ》に落ちない顔で首をひねった。今日の卵料理はウニ載せ煮玉子ではなく、万里にニラ玉を注文した。

「きっと甘い物好きなのよ。奥さんに振られてむしゃくしゃして、美味しいケーキが食べたくなったんじゃない？」

一子が言うと、二三も続いた。

「池波正太郎《いけなみしょうたろう》は一人で『竹《たけ》むら』に入って粟《あわ》ぜんざい食べてたし、元大乃国《おおのくに》の芝田山《しばたやま》親方はスイーツの本まで出してるし、スイーツ男子はけっこういると思うわ」

二三は山手と後藤の前に湯気の立つ皿を置いた。温めたバゲットを添えてある。

「これは？」

「マッシュルームガーリックです。パンに付けると美味しいですよ」

ニンニクとオリーブオイルを使うのでアヒージョでも良いのだが、「孤独のグルメ」で観て美味しそうだったので、名称もそのままいただいた。

「おじさん、後藤さん、新作の豆腐料理、如何ですか？」

「もらうぜ。豆腐のきらいな日本人はいねえよ」

「毎度あり」

万里の新作料理は二三が提案した。木綿豆腐の水を切り、フライパンに油を引いて焼き、刻んだ長ネギを大量に入れて醤油で味を付ける。皿に盛ったら大根おろしを載せて出来上がり。池波正太郎のエッセイに出てきたのだ。

「冬はネギも大根も旬だから、良いと思って」

山手も後藤も一口食べて、納得した顔で頷いた。

「冷や奴とも揚げ出しとも違う美味しさですね」

「飽きの来ねえ、素直な味だな。酒が進むよ」

二三は嬉しくなった。安くて簡単で美味しい料理がはじめ食堂のモットーだ。この料理も定番に出来るかも知れない。

「ところで忘年会のメニュー、決まったの？」

康平が訊いた。

「うん、大体」

「今年の目玉はローストビーフ？」

「これは外せないでしょ。皆さん楽しみにしてるし」

山手が万里に胸を張った。

「今年も鯛は差し入れるからな」

「毎度あり」

「俺はシャンパン出すよ。ヴーヴ・クリコかモエ・エ・シャンドン」

「いつもすみませんねえ」

今度は二三が礼を言った。

「今年は豚はトンカツじゃなくて、スペアリブにしようと思うの。フライは海老と牡蠣で」

「政さんにいただく鯛、中華風姿蒸しにするか塩釜にするか、まだ決まらないのよ」

山手が冷酒のグラスを高々と掲げた。

「どっちだって良いさ。はじめ食堂に外れはねえよ」

「その通り！」

後藤も山手とグラスを合せた。

「それにしても、今年も一年が早いなあ」

康平が感慨深げな目をした。

「今年は特別よ。だって、一年に二つの時代があったんだもの」

二三は一子を見て微笑んだ。

「来年も、頑張ろうね」

「お互いにね」

一子はゆったりと微笑み返した。

新しい時代を迎えたはじめ食堂のこれからを、二三も一子も万里も、それぞれの肩に担ってゆく。

令和初の年の瀬が迫る中、佃の小さな食堂は、新たな船出に乗り出そうとしていた。

食堂のおばちゃんのワンポイントアドバイス

『うちのカレー　食堂のおばちゃん7』を読んで下さって、どうもありがとうございます。恒例により、作品に登場した料理の中から、いくつかレシピをご紹介します。

　今回はちょっと趣向を変えて、カレー中心に挙げてみました。カレーは今や国民食。このレシピが皆さんの『うちのカレー』のご参考になれば幸いです。

　他のレシピもすべて安くて美味《うま》くて簡単な料理です。機会があったら、どうぞお試し下さい。

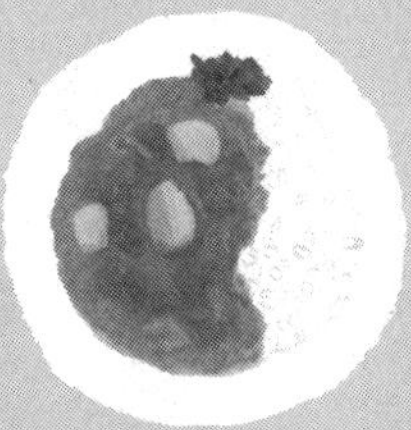

①夏野菜のスープカレー

〈材　料〉４人分

鶏《とり》モモ肉６００ｇ（骨付きモモ肉は１人１本、手羽元は１人３〜４本）
卵４個　玉ネギ１個　ナス２本　ズッキーニ小１本　パプリカ１個
カボチャ（薄めの櫛形《くしがた》切りで）４切れ
生姜《しょうが》・ニンニク　各１片
カレー粉・鶏ガラスープの素　各大匙《おおさじ》５杯
塩・胡椒《こしょう》・揚げ油　各適量

〈作　り　方〉

●鶏肉はやや大きめに切る。玉ネギをみじん切りにする。生姜とニンニクは摺《す》りおろす。

●鍋に水１２００ｃｃを入れ、玉ネギと鶏肉を15分ほど煮て灰汁《あく》を取る。骨付き丸ごとの場合は水の量を増やして１時間ほど煮る。

●カレー粉、摺りおろした生姜とニンニク、鶏ガラスープの素を入れて更に15分ほど煮込み、最後に塩・胡椒で味を調える。

●煮ている間にトッピング用の卵を茹《ゆ》で、野菜の準備をする。
●卵は冷蔵庫から出してすぐに沸騰した湯に入れた場合、6～7分で半熟になる。
●ナスとパプリカは1つを縦4つに切る。ズッキーニは厚さ1センチくらいの輪切りにする。カボチャは1個を縦4つに切って種とワタを取り、その1つを厚さ5～6ミリの櫛形に4切れ切る。
●鍋に油を入れて熱し、切った野菜を素揚げする。まず170度くらいでカボチャを揚げる。揚げ時間の目安は1分30秒。次に180度くらいでナス、ズッキーニ、パプリカを揚げる。揚げ時間の目安はナスとズッキーニが2分、パプリカは1分。
●スープカレーを器に盛り、素揚げした野菜と茹で卵（半分に切ってね）をトッピングして、出来上がり。

〈ワンポイントアドバイス〉
☆野菜は直前まで冷蔵庫に入れて冷やしておいた方が、温度差の効果でカラッと揚がります。
☆喧《やかま》しかった油の音が静かになり、ブツブツ湧《わ》き出ていた泡の量が少なくなる、これが素材が揚がったかどうかの目安です。
☆水の量を半分にして、代わりにトマトジュースか牛乳、または豆乳を加えても美味《おい》しいですよ。
☆お好みで香辛料や調味料を加えても。

②ドライカレー

〈材　料〉４人分

牛挽《ひ》き肉（粗挽き）３００～４００g
ニンニク・生姜　各１片　玉ネギ１個　人参《にんじん》１本　セロリ１本
カレー粉大匙６杯　トマトカット缶（４００g相当）１個　オリーブ油・バター　各大匙１杯
塩・胡椒　各適量　卵黄（生）４個

〈作り方〉

●ニンニクと生姜は擂りおろす。玉ネギ・人参・セロリはみじん切りにする。
●フライパンか鍋にオリーブ油を入れて火に掛け、牛挽き肉と野菜類、擂りおろしたニンニクと生姜を入れて炒《いた》め、塩・胡椒する。
●トマトカット缶とカレー粉も加え、15分ほど炒め煮にする。
●最後にバターを加えて風味を出し、塩・胡椒で味を調える。
●皿に盛り、卵黄をトッピングして出来上がり。

〈ワンポイントアドバイス〉
☆これは〝キーマカレー〟に近いレシピです。香辛料も調味料もシンプルにしましたが、お好みであれこれ加えてみて下さい。

③カレーチャーハン

〈材　料〉４人分
ご飯８００g（大きめの茶碗《ちゃわん》４杯）　卵４個　レタス中１個
粗挽きソーセージ８本　玉ネギ１個　人参小１本
カレー粉大匙１杯　鶏ガラスープの素小匙２杯　塩少々
サラダ油・ラード　各適量

〈作　り　方〉
●卵を割ってよくかき混ぜる。レタスは食べやすい大きさに手で千切る。粗挽きソーセージ・玉ネギ・人参はみじん切りにする。

●中華鍋にサラダ油を入れて強火に掛け、卵をサッと炒め、半熟になったら別の容器に取り出す。
●鍋にラードを入れ、粗挽きソーセージ・玉ネギ・人参を中火で炒める。粗挽きソーセージから脂と旨味《うまみ》が出たらご飯を入れ、強火で炒める。ご飯をほぐしながらカレー粉、鶏ガラスープの素、塩を加えて炒め、味が全体に行き渡ったら半熟卵を加え、よく混ぜ合せる。最後にレタスを入れて火を止め、よく混ぜて出来上がり。
●味付けは好みで醤油《しょうゆ》やチリパウダーをプラスしても良い。

〈ワンポイントアドバイス〉
☆チャーハンを上手く作るコツは少量ずつ作ることです。自信のない方は1人分ずつ作ってみて下さい。
☆ここでは〝チャーハン〟に敬意を表して卵を使いましたが、無しでも構いません。具材も挽き肉やシーフードなど、お好みでどうぞ。
☆日本の〝ドライカレー〟は②の〝キーマカレー派〟と〝カレーチャーハン派〟に分かれています。我が家はカレーチャーハン派（卵無し）でしたが、お宅はどっちでした？

④カレーうどん

〈材　料〉４人分

うどん生麺《なまめん》４玉（乾麺は２００g）

玉ネギ２個　豚コマ３００g　S&Bディナーカレー１箱

和風出汁《だし》の素・酒・醬油・カレー粉・塩　各適量

〈作 り 方〉

●玉ネギは皮を剝いて櫛形切り（縦半分に切り、切った面を下にして放射状に切る）にする。

●鍋に水１５００〜１６００ccを入れて火に掛け、豚コマと玉ネギを入れ、和風出汁の素を加えて煮る。随時灰汁を取る。

●一度火を止めてディナーカレールウを入れて溶かし、味を見ながら酒と醬油、カレー粉、塩を加えて調節する。

●うどんを茹で、カレースープと共に器に盛って出来上がり。

〈ワンポイントアドバイス〉

☆隠し味でバターを加えても美味。もっと濃厚にしたい場合は粉チーズを振る、水の半量を牛乳に替える、などの手もありです。

☆出汁の味加減が面倒だったらめんつゆで構いません。

☆生姜・ニンニク・唐辛子など、スパイスはお好みで加えて下さい。

⑤ナス・ピーマン・鶏肉の味噌《みそ》炒め

〈材　料〉４人分

ナス４本　ピーマン４個　鶏モモ肉５００g

調味料Ａ（豆板醤《トウバンジャン》小匙２杯　甘味噌大匙２杯　鶏ガラスープの素小匙２杯

　酒大匙２杯　お湯適量）

塩・胡椒・酒・サラダ油　各適量

〈作　り　方〉

●ナスはヘタを取って縦半分に切り、厚さ1センチの半月形に切る。ピーマンは縦半分に切って種を取り、横にして厚さ1・5センチに切る。

●鶏肉は一口大に切り、薄めに塩・胡椒して酒を振っておく。

●Aの調味料を合せておく。

●鍋にサラダ油を入れて熱し、鶏肉とナスを入れて炒める。火が通ったらピーマンを入れて1分ほど炒め、調味料Aを加え炒め合せる。

〈ワンポイントアドバイス〉

☆私が現役の〝食堂のおばちゃん〟時代に作っていた料理です。ご飯が進む、夏にピッタリのお総菜です。

☆豚や牛も試しましたが、鶏肉が一番合うと思いました。

⑥枝豆ご飯

〈材　料〉４人分

米２合　枝豆（茹でて皮を剝いた状態で）２００g

ゴマ油・塩・胡椒　各適量

〈作　り　方〉

●ご飯を炊く。

●枝豆を塩茹でし、皮を剝く。

●炊きたてのご飯にゴマ油と塩、胡椒を振り、ざっくり混ぜて枝豆を加え、もう一度ざっくり混ぜて出来上がり。

〈ワンポイントアドバイス〉

☆さっぱり食べたい方はゴマ油と胡椒抜きで、枝豆と塩だけでどうぞ。塩の代わりに塩昆布を混ぜても美味しいです。

⑦アスパラの目玉焼き載せ

〈材　料〉４人分

アスパラ大４本（小８本）　卵４個

塩小匙１杯　胡椒少々　バター・パルミジャーノレッジャーノ　各適量

〈作り方〉

●アスパラの茎に近い部分（下４分の１くらい）は固いので、ピーラーで皮を剝くと良い。

●鍋に湯を沸かし、沸騰したら塩を小匙１杯入れ、もう一度沸騰したらアスパラを入れて２分ほど茹でる。湯を沸かす間に半熟の目玉焼きを作る。

●フライパンにバターを溶かし、表面を焼いたら耐熱皿に移す。

●半熟の目玉焼きをトッピングしてパルミジャーノレッジャーノと胡椒を振り、オーブンで１分焼けば出来上がり。

〈ワンポイントアドバイス〉

☆半熟の目玉焼きが難しかったら、ポーチドエッグを作りましょう。卵は割って１個ずつ器に入

れます。沸騰した湯に酢を入れ（１０００ｃｃに対して小匙２杯）、菜箸《さいばし》で湯をかき回し、水流の消えないうちに卵を流し入れ、弱火で２～３分茹でれば完成。形が崩れないように、お玉かアミ杓子《じゃくし》ですくい上げて下さい。

⑧椎茸《しいたけ》の肉詰め

〈材　料〉４人分

椎茸（大）16枚　粗挽き肉３００ｇ　玉ネギ２分の１個
乾燥バジル・乾燥パセリ　各小匙１杯　卵１個
酒・塩・胡椒・片栗粉・粉チーズ・オリーブ油　各適量

〈作り方〉

●椎茸の石突きを取る。出来れば軸はみじん切りにして使いたい。玉ネギをみじん切りにする。
●ボールに挽き肉、椎茸の軸と玉ネギのみじん切り、卵、乾燥バジルとパセリ、酒・塩・胡椒、片栗粉大匙１を入れて混ぜ、椎茸の裏側に詰める。

●肉詰め椎茸に片栗粉をまぶす。ビニール袋に片栗粉を入れ、椎茸も入れて軽く振ると、満遍なく片栗粉でコーティングできる。

●椎茸の肉の側にたっぷりと粉チーズを付ける。

●フライパンにオリーブ油を入れ、肉の側を下にして椎茸を並べ、強火にして蓋《ふた》をし、2分ほど焼く。中火にして裏返し、蓋をして更に3～5分焼く。

〈ワンポイントアドバイス〉

☆椎茸はキノコの王様です。肉詰めだけでも和風から洋風、中華、エスニックまでバリエーション豊富です。

☆色々と試して、皆さんのご家庭に合う味を見付けて下さい。

〈注記〉二〇一九年の東京都の調理師試験日十月十二日(土)は台風十九号の影響で、十二月二十二日(日)に変更されました。また、試験会場も変更されました。

〈参考文献〉「東京新聞 夕刊」(二〇一九年七月三十日)

＊本書の第一話から第四話は「ランティエ」二〇一九年九月号～十二月号に掲載されました。第五話は書き下ろし作品です。